감정은
사라져도
결과는
남는다

살아온 날보다 살아갈 날을 위해

이해인 지음

필름

혹시 오늘도 한순간의 감정에 사로잡혀

중요한 일을 그르쳤나요?

소중한 사람과의 관계를 무너뜨렸나요?

감정은 그때의 내가 느끼는 확실한 마음이지만,

때때로 중요한 선택을 앞두고

이성의 끈을 놓게 만듭니다.

순간의 나, 순간의 선택이 모여

이후의 결과를 만듭니다.

결국 삶이란 건 찰나의 조각들이 쌓여

변화하고 나아가는 것이니까요.

그러니, 금세 사라질 감정에 지배 당하지 마세요.

중요한 건, 사라질 것이 아니라 남을 것입니다.

살아온 날보다 살아갈 날을 위해.

감정은 사라져도
결과는 남는다

지나고 보니 더욱 명확하다. 인생의 중요한 기회를 놓쳤던 순간엔 늘 불필요한 감정이 있었고, 이는 내 판단력을 흐리게 했다.

나는 스물네 살에 창업해, 현재 7년 차 광고회사 '소셜링'과 속옷 브랜드 '바디코'의 리더다. 우리 팀원은 40명을 훌쩍 넘겼고 매출액은 2022년 기준 50억을 달성했다. 이쯤이면 경영도 삶도 익숙해질 법도 한데 일은 할수록 어렵고 삶은 살수록 조심스럽다.

감정에 솔직한 나는 가끔 시험에 빠지곤 한다. '낄 낄빠빠'를 모르는 내 감정은 업무상의 중요한 의사 결정에까지 관여했고 그 결과는 종종 아쉬움을 남겼기 때문이다. 치명적인 사실은, 감정은 곧 사라지지만 결과에 따른 책임은 생각보다 무겁다는 것이다. 감정에 치우친 태도와 선택은 실수로 이어졌고, 내 어깨를 짓누르기에 부족함이 없었다.

감정의 소용돌이에 휩싸였던 날이 있다. 협력사와 있었던 일이었는데 내가 판단하기로는 너무 터무니없는 상황이었다. 흥분한 나머지 수화기 너머로 감정 실린 고성을 여과 없이 내던졌다. 하지만 상대는 고요했다. "대표님 감정 추스르시고요"라는 침착한 어조의 대답을 들은 나는 얼굴이 빨개질 정도로 아차 싶었다. 감정에 휩싸여 문제의 본질을 잊게 되었고, 내가 왜 이렇게 열을 내고 있는지도 헷갈렸다. 창피함도 내 몫이고 감정을 제어하지 못함에 따른 결과도 오롯이 내 몫이었다.

늘 뭔가 터진 뒤에야 알아차린다. 감정을 섞기 시작하면 본질이 흐려지고, 이내 판단력은 갈 곳을 잃는다. 기억하자. 일할 때만큼은 감정은 잠시 꺼

두고 오로지 이성의 스위치만을 켜자.

수영에서 삶의 이치를 깨닫기도 했다. 나는 열두 살 때부터 성인이 되기까지 수영을 오래 해왔다. 선수 반에서 운동을 했을 정도로 나름 베테랑이다. 그런데도 수영은 배울수록 어려웠다. 수영을 배운 지 10년 차가 넘었음에도 여전히 '힘 빼라'는 말을 많이 듣곤 했다. 팔다리에 한껏 힘을 주고 열심히 움직인다고 해서 더 나아가는 게 아니라는 것이다. 오히려 힘을 빼야 더 나아갈 수 있다는 역설이다.

가진 것을 내려놓는 것에 대한 '힘듦'을 수영을 통해 배웠다. 내가 가진 힘을 100% 다 쓰지 않아야 흐름을 탈 수 있다는 사실, 그래야 '고단함'이 덜하다는 것을 수영을 통해 배웠다. 가진 것을 내려놓고, 열정을 빙자한 욕심도 내려놓을 때야말로 비로소 자연스러워질 수 있음을 '물에 몸을 띄우는 행동'에서 깨닫게 되었다.

불필요한 감정은 마치 수영에서의 과하게 들어간 힘과 같다. 앞으로 더 나아가지 못하게 할 뿐만 아니라 스스로를 가라앉게 만든다. 그러니 힘을 빼자.

결국 나의 감정을 제어하고 기분이 태도가 되지 않도록 관리하는 것은 곧 내 인생의 방향을 잡는 가장 중요한 기술이다. 나의 순간의 선택들이 모여 인생의 결과를 도출한다.

감정은 사라져도 결과는 남는다. 이제 나는 '사라질 것'에 연연하지 않고 '남을 것'에 집중하고자 한다. 이를 위해 내가 할 수 있는 고작의 것은 살아온 날보다 살아갈 날을 위해 에너지를 쏟는 것이겠다. 모두에게 공평하게 주어지는 시간 앞에서 이전보다 현명한 나, 그리고 당신이 되기를 바란다.

차례

2장
남에게 좋은 사람보다 나에게 좋은 사람

3장
작은 차이에서 오는 큰 격차

4장
살아온 날보다 살아갈 날을 위해

1장

무엇이든
시작해야
알 수 있다

기회를 절대 놓치지 않는 법

누구나 인생에서 여러 번 기회의 순간을 만난다. 하지만 같은 기회가 주어지더라도 어떤 선택을 하느냐에 따라, 다른 결과를 얻게 된다.

결국 제대로 된 기회를 알아보고 잡기 위해서는 그에 맞는 태도를 지니고 있어야 한다.

나 역시 지금껏 수많은 기회를 놓치거나 제대로 잡지 못한 적이 많았다. 그 당시에는 타이밍이 좋지 않았다거나, 운이 없었다거나, 다른 핑곗거리를 찾아 합리화했었는데, 시간이 지나고 깨달았다. 그 기회를 잡을 준비가 되어 있지 않았다는 것을 말이다.

그 후 제대로 기회를 잡아 성공을 경험하면서, 기회를 놓치지 않기 위해서는 단단한 신념과 확실한 태도가 필요하다는 것을 깨달았다.

첫 번째, 기본적으로, 일단 덤비고 보는 배짱이 중요하다. 어떤 상황이나 기회 앞에서도 주저하거나 고민하기보다, '해서 손해 볼 건 없다'라는 태도를 갖고, 단순명료하게 도전을 일삼아야 한다.

두 번째, 세상 자체에 많은 관심을 기울이자. 다른 사람들보다 더 많은 것들을 듣고 경험하고 생각하다 보면, 자연스럽게 다른 사람들보다 더 많은 기회도 얻을 수 있다.

세 번째, '모르겠다' 하고 늘어져 있다가도 '해야겠

다'는 생각이 들면 하룻밤이든, 이틀 밤이든 내내 그 일에 매달리는 독기도 있어야 한다.

네 번째, 자신이 원하는 바를 잘 파악하고 있어야 한다. 그래야 비로소 기회가 왔을 때, '저건 내가 바라던 기회'임을 총명하게 알아차리고 잡을 수 있다. 평소 내가 어떻게 살고 싶은지, 어떻게 살아야 하는지에 대해 자주 질문하고 생각하는 습관을 갖는다면, 자신의 지향점을 정확하게 파악할 수 있을 것이다.

다섯 번째, 기회를 포착하고 도전에 실패하더라도 좌절에 빠져 슬퍼하기보다, 문제점을 파악한 후 보완하여 다시금 새로운 기회를 포착하는 선순환 구조를 만들어야 한다.

기회는 누구에게나 찾아오지만,
기회임을 알아차리지 못하거나

망설이다 놓치는 경우가 대부분이다.

이제 자신만의 뚜렷한 기준과
자신감을 갖고, 기회를 잡아보자.

아버지가 말한 인생과 닮은 것들

1. 날아가는 새

고등학교를 졸업할 무렵, 아버지께서 이런 말씀을 하셨다.

"이젠 날개에 힘이 붙었으니, 너 스스로 훨훨 날아가라."

수많은 동물 중 태어난 직후 누군가의 보호가 없다면 결국 죽고 마는 가장 약한 존재가 바로 인간이다. 영유아 그리고 청소년기를 지날 때까지 누군가의 사랑과 도움 없이 살아내기 어렵다는 뜻이다. 그렇지만 그 울타리 속에서 자라나 성인이 되면, 우리는 날개에 힘이 붙었으니, 날고자 하는 방향으로 날아가도 된다. 그렇게 자라나 나의 힘과 나의 의지로 날갯짓을 하는 것. 그것이 우리에게 주어진 결국 해내야 하는 책무가 아닐까.

2. 굴러가는 자전거

아버지께서는 인간은 자전거와 같다고 하셨다. 네발자전거는 페달만 실컷 밟아대도 앞으로 나간다. 보호가 필요한 때에 우리들의 약한 모습과 같다.

또 새것인 두발자전거는 기름칠이 잘 되어 있고 기어도 0단계에서 9단계까지 민첩하게 바뀌며, 어려운 우리나라의 지형에도 힘차게 달릴 수 있다. 마치 우리들의 청년기처럼 말이다. 그리고 힘 좋게 나가던 자전거는 시간이 흐르면 녹이 슬고 또 바퀴에 바람도 자주 빠진다. 그 나이 든 자전거는 마치 아버지 본인 같다고 말하셨다. 아차 싶었다. 아버지가 전하고 싶던 말은 지금, 우리가 힘차게 페달을 밟을 수 있는 이때, 가능한 한 멀리 나아가야 한다는 것임을 깨달았다.

3. 제각기 다른 그릇

어느 날 일식집에서 식사하던 중 아버지께서 이 그릇들이 우리들 모습 같다고 하셨다.

횟감을 담아내는 넓은 접시, 초장을 담아내는 장그릇, 그리고 매운탕을 끓여내는 냄비. 제각기 역할에 충실하여 멋진 한 상이 만들어진다.

초장 그릇에 매운탕을 끓인다면 멋이 있겠는가. 그 그릇이 제 역할을 다 해내겠는가. 제 그릇을 알고, 알맞은 것을 담아낼 줄 아는 것. 그것이 또 다른 인생의 진리임을 배웠다.

오늘도 항해하는 배

소셜링 창업 이후,
첫 창업 날부터 지금의 마흔 명의 팀원과
함께하는 이 순간에도
우리 조직의 닮은 꼴이
무엇이냐 묻는다면
망망대해를 떠도는
작은 배 한 척이 떠오른다.

넓은 망망대해에서는
시시각각 풍파가 들이닥친다.
큰 폭풍우가 불기도 하고

거친 파도가 몰아치기도 한다.
그리고 언제 그랬냐는 듯
따사로운 햇살이
빛나는 윤슬을 만들어
눈이 부시기도 할 테다.

우리들의 삶도 그리고 작고 큰 기업도
마치 망망대해에 떠도는
한 척의 배와 다르지 않다고 느낀다.

치열하게 시시각각 변화하는 풍파에
열심히 맞서고 있으니까.

하지만 나의 역할은 명확하다.
그 풍파 안에서 내가 맡은 바
역할에 최선을 다하는 것.

내가 조타수라면 계기판을 잘 살펴

암초를 만나지 않게 하는 것이다.

그렇게 거친 파도를 지나면
또다시 빛나는 윤슬 위를 항해하는
순간을 맞이하겠지.

사실 배는 정박해 있을 때
가장 안전하지만,
그것이 배 존재의 의미는 아닐 것이다.

결국 목적지를 향해 항해하는 순간,
우리는 지금까지 만나지 못했던
새로운 세계를 만나게 될 테니까.

무슨 일이든 일단 하다 보면,
나만의 특별한 능력을 알게 된다.
그러니 지금 어떤 일을 하고 있든
그 가치를 쓸모없게 여기지 말자.
결국 좋은 기회를 만나게 될 테니까.

성장하는 사람들의 진리

종종 막힘없이 성장하는 사람을 만나게 될 때면, 그들은 대체 어떻게 멘탈을 관리하고, 원하는 일에 주저 없이 도전하며 행동하는 것일까, 궁금증이 들곤 했다. 그래서 그러한 사람을 만날 때마다 물어보았다. 그들이 공통적으로 이야기한 진리는 "자기 자신에게 좋은 말을 들려주는 사람이 성장하고 성공한다"는 것이었다.

지금껏 성공한 사람들을 생각했을 때, 자신을 혹독하게 몰아붙이고 다그치며 지금에 이르렀을 것이라 생각했는데, 오히려 그와는 반대였다.

그들은 스스로에 대한 명확한 확신이 있었고, 그 확신을 보여주기 위해, 자신에게 긍정적인 말을 들려주면서 그 누구보다 스스로를 응원했다.

생각해 보면, 의외로 답은 간단했다. 계속해서 잘못한 부분을 지적하며 채찍질을 한다면, 그 어떤 순간에도 실수를 하진 않을까 지레 겁을 먹게 되고, 자신감도 떨어져 위축되고 말 테지만, 아주 잘하고 있다고, 충분히 해낼 수 있을 것이라고 긍정적인 말을 건넨다면, 그 어떤 일에도 자신감이 생기는 건 당연한 일일 테니까.

스스로에게 긍정적인 말을 할 줄 알면 마음처럼 일이 풀리지 않을 때에도 좌절의 시간이 짧고, 금방 회복해 다시금 나아갈 수 있고, 스스로에 대한 확신으로 삶의 질도 함께 상승하게 되어, 장기적으로 봤을 때 훌쩍 성장할 수 있는 계기가 되어준다.

오늘부터라도 잘하고 있는 나에게, 충분히 무엇이든 해낼 수 있는 나에게, 긍정적인 말을 건네보는 건 어떨까. 우리 모두는 충분히 그럴 만한 자격이 있다.

1. 충분히 잘하고 있어.
2. 할 수 있어. 기죽지 마.
3. 막상 해 보면 별것 아니야. 나를 믿자.
4. 모르는 건 배우면 그만이야.
5. 남과 비교하지 마.
   나는 이 세상에 하나뿐이니까.
6. 나에게는 모든 걸 이겨낼 놀라운 힘이 있어.
7. 나를 믿어. 그 무엇이든 해낼 수 있는
   사람이라는 걸.

작은 것부터 해내라

빠르게 흘러가는 삶 속에서
자극적인 것들을 좇는 게 당연해지는 요즘,
우리는 점점 내딛는 한 발자국을
소홀히 하는 경향이 있다.

주변을 보면
나만큼 노력한 거 같지 않음에도
성공하는 것 같고,
'이 정도 했으면 될 법도 한데'라는
생각이 들기도 할 테다.

그러나 내가 방법을 찾았을 때의
패턴은 늘 똑같다.
나에게 집중하며 자신만의 속도를
알아차리는 것.

그러니 지금 닥쳐온 상황을
인지해 받아들이고,
그 안에서 무얼 할 수 있는지
찾아보는 것부터 시작해야 한다.

작은 것부터 해내자.
차근차근 쌓아가다 보면 결국엔
"도대체 어떻게 해낸 거야?"라는
이야기를 듣게 될 테니까.

본질을 이해하자

본질을 이해하면 원리를 알 수 있다.
모든 일이 그렇다.

본질은 본디부터 가지고 있는
자체의 성질이나 그 모습을 의미한다.
특히, 성경에서는 죄 가운데 태어난
인간의 타락한 본성을 가리킨다.

흐름을 좇지 못할 때,
시험에 들고 있다고 느낄 때
나는 스스로에게 이렇게 묻곤 한다.

'이게 지금 네 인생을 흔들 정도로 중요해?'
'이 문제가 지금 해결해야 하는 우선순위가 맞아?'

트렌드가 바뀔 때마다
모두 따라갈 수는 없겠지만,
본질을 계속 탐구하고
이해하려 노력하다 보면,
흐름에 올라탈 수 있다.

본질을 좇는 사람은
변화를 두려워하지 않으며,
현상에 대한 이해가 빠르다.

서핑 보드를 든 채로
큰 파도가 치는 것을
멀뚱히 보고만 있으면,
마치 그 파도에 휩쓸려 갈 것만 같이
두렵고 막막하지만,

파도에 올라타 즐기다 보면,
나도 모르는 사이
다시금 다가올 파도를 기다리게 된다.

즉 흐름에 올라타야 보인다는 것.

결국 모든 건
사람이 하는 일이라는 걸 명심해야 한다.
자신을 이해하고 사람을 탐구해야 한다.
그것이 본질이다.

안되는 사람과
잘되는 사람의 차이

안되는 사람

1. 해 보고 안 되면 바로 포기하기

2. 행운이 오기만을 하염없이 기다리기

3. 문제가 생기면 언제나 남 탓하기

4. 실패하는 것이 두려워 도전을 피하기

5. '내 주제에 무슨'과 같이 안되는 이유를 먼저
   생각하기

잘되는 사람

1. 잘될 방법을 생각하는 데 집중하기

2. 꾸준히 열심히 살다가 기회를 놓치지 않고 잡기

3. 스스로 할 수 있는 것부터 해나가기

4. 성공은 문제 해결에 달려있다고 생각하기

5. '난 뭐든 해낼 수 있는 사람이야'라고 실패가
   아닌 과정이라고 생각하며 끈기를 갖기

잘되는 사람들은 노력하면 기회가 찾아올 것이라 믿고, 언제나 온 힘을 다하기에 행운을 놓치지 않는다. 아무리 지치는 순간이 와도 절대로 포기하지 않는데, 지금 당장 결과가 나오지 않더라도 포기하지 않고 문제들을 해결해나가는 것을 과정이라고 생각하기 때문이다. 결국 목표를 위해 열심히 달리다 보면, 반드시 원하는 결과에 다다를 것이라는 믿음이 있기 때문이다.

가장 중요한 것은 나에게 한계를 두는 부정적인 말과 생각에서 벗어나, "할 수 있다!"라고 당당하게 외치는 것이다.

행복하고, 성공하기를 바라면서 자신을 점점 더 내리막길로 이끄는 부정적인 생각을 갖고 있다면, 지금 당장 버리기 바란다. 노력하면 얼마든지 나를 바꿀 수 있다. 그 긍정적인 마음과 나에 대한 믿음이, 결국 당신을 원하는 길로 이끌어 줄 것이다.

언젠가 반드시
지금껏 버텨온 내 삶이,
내가 이뤄낸 모든 것들이
자랑스럽게 다가올 날이 올 것이다.

후회하지 않는 습관

살아가는 동안 누구나 많고 적게 후회를 반복할 수밖에 없다. 때론 가보지 못한 선택지에 대한 미련으로 후회를 하기도 하고, 때론 이미 내뱉은 말이나 생각 없이 저지른 약속에 후회를 하기도 한다. 물론 후회 그 자체가 나쁜 건 아니다. 지난 일을 되돌아보고 반성하며 앞으로는 그러지 말아야지, 하고 성장하는 계기가 될 때도 있으니 말이다.

하지만 후회를 반복하다 보면, 이 역시 습관이 되고 만다. 어떤 일에도 단점을 찾아내 후회를 하기 마련이고, 이내 후회는 스스로를 자책하고 비난하는 화살로 변해 자존감을 무너뜨리곤 한다.

그래서 나는 후회하지 않는 삶을 살기 위해 나름의 원칙을 만들어 지키려고 노력한다. 예를 들면, 기분 좋을 때는 섣부른 약속을 하지 않는다거나, 말하기 전에 한 번 더 생각하기, 다른 사람 험담하지 않기, 어떤 순간에도 포기하지 않기와 같은 것들이다.

기분이 좋을 때는 그 어떤 상황에도 너그러운 법이다. 하는 일이 잘 풀렸을 때 혹은 금전적으로 여유로울 때와 같이 기분이 들떴을 때는 그 어떤 약속도 쉽게 해서는 안 된다. 이때 한 대부분의 약속은 시간이 지나면, 후회하는 경우가 많기 때문이다.

또한, '아, 그 말은 하지 말았어야 했는데'와 같이 '말'과 관련된 후회도 많다. 말을 할 때에는 늘 신중해야 한다. 경솔한 한마디를 주워 담으려면 구차한 백 마디가 필요하고, 그마저도 잘 주워 담기지 않기 때문이다. 특히나 남에게 섣부른 충고와 조언을 할 때는 더욱 조심해야 한다. 내 기준에서는 남을 생각해서 한 말이라고 해도, 상대방에게는 큰 상처로 남을 수도 있기 때문이다.

자신의 인생을 되짚어 보며, 내가 어떤 순간 후회를 많이 했는지 정리해 보는 것도 좋다. 그렇게 후회 리스트를 만든 후, 후회하지 않기 위한 방법들을 함께 정리해 두면, 그와 같은 상황이 발생했을 때 도움이 될 것이다.

후회로 점철된 삶이 아니라, '나 꽤 잘 살아 왔네' 하고 스스로를 자랑스럽게 여길 수 있는 삶을 살기 위해, 오늘부터 후회하는 습관에서 벗어나 보자.

문제를 대하는 태도

불행은 공평하게 일어난다.
마치 질량 보존의 법칙처럼 누구에게나 주어진다.
그래서 이 불행들을 어떻게 대하는지에 따라
인생의 성패가 달라진다.

잘되는 사람의 공통적인 특징을 하나 꼽자면
'문제'를 대하는 태도가 남다르다는 것이다.
눈앞에 몰려오는 문제들을
불행이라 정의하지 않고,
해결하면 된다는 의연함을 보인다.

1. 일어날 문제를 두려워하지 않는다.

무엇인가를 계획하고, 시작할 때 주저하지 않는다. '문제'는 일을 시작함과 동시에 일어나는 숙명인 걸 안다. 그럼에도 불구하고 '문제'를 두려워하지 않고 일단 실행한다.

2. 일어난 문제를 다룰 줄 안다.

잘되는 사람은 '문제'를 대하는 태도가 일관적이다. 문제에 직면했을 때, 당황하지 않고 늘 나아가는 방향으로 사고한다. 그들은 긍정적인 단어들을 어쩜 그렇게 잘 조합하는지, 좋은 에너지를 주위 사람들에게 전파한다. 그 에너지가 또 그들의 힘이 되어주며, 결국 눈앞에 있던 문제를 해결한다. 또 다른 문제가 발생하더라도 전혀 문제 될 게 없다는 듯 태연히 문제를 해결하고 다시금 제 갈 길을 간다.

3. 계속되는 문제를 해결할 줄 안다.

문제 하나 해결했다고 방심할 수 있다. 이루고자 하는 상승 가도는 항상 추락을 동반한다. 아니, 중요한 변화 이전에 추락이 먼저 일어난다는 것은 보편적으로 적용되는 일종의 법칙이다. 추락은 곧 문제임이 틀림없다. 그러나 잘되는 사람들은 이 문제를 직면할 때 오히려 희망을 본다.

우리가 '잘' 살아갈 수 있는 방법은
문제를 일으키지 않는 것이 아니다.
나에게 밀려오는 불행을
어떻게 받아들이고
해결해 나가는지에 달려있다.

말의 기본 원칙

편안한 친구 사이에서도, 업무적으로 오고 가는 사이에서도 사람과 사람 사이에서 가장 중요한 소통 방식을 꼽으라면, 그건 아마 '말'일 것이다. 그렇기 때문에 누구나 어떻게 하면 말을 잘 할 수 있을까, 고민하는 것일 테다.

말을 잘 하는 방법에는 여러 가지가 있지만, 그보다 몇 가지 기본적인 원칙만 지켜도 말을 잘 하는 사람이 될 수 있다.

첫 번째, 침묵에 겁먹지 말자. 여러 사람과 대화를 나누다 보면 유독 대화가 끊긴 사이의 침묵을 견디지 못하고 끊임없이 이야기하는 사람이 있다. 하지만 말이 많아질수록 실수할 경우도 빈번해진다는 것을 명심해야 한다. 괜한 말을 꺼내서 자리를 불편하게 만드는 것보다 때로는 침묵이 낫다. 오히려 그 침묵의 시간을 상대의 눈빛과 움직임을 관찰해보는 것으로 채워 넣으면 된다.

두 번째, 상대방의 이야기를 잘 들어주자. 말을 잘하는 사람들은 대부분 상대방의 이야기를 잘 들어주고 그에 맞는 이야기를 할 줄 안다. 아무리 언변이 뛰어나더라도 남의 말을 듣지 않고 자신의 말만 하는 사람들을 보면, '말 잘한다'는 생각보다 '듣기 싫다'는 생각부터 들기 때문이다.

세 번째, 어떤 상황에서도 비속어나 욕은 하지 말자. 화가 나는 상황이거나 가까운 사이라도 절대 욕을 해서는 안 된다. 이 역시도 말의 습관 중 하나이기 때문에 자주 욕을 내뱉는 사람은 중요한 자리에서도 실수할 수밖에 없다.

네 번째, 쉬운 표현을 사용해 말하자. 자신의 지식을 과시하고 드러내고 싶어서 유독 어려운 단어를 골라 쓰는 사람이 있다. 하지만 말 역시도 상대방과 상황을 고려해야 하는 법이다. 괜히 과시하고자 어려운 단어만 골라 사용하다가는 오히려 잘난 척하는 사람으로 인식되어 불편한 상황을 초래한다.

다섯 번째, 말실수를 했을 때는 즉시 사과하자. 이미 뱉은 말은 다시 주워 담을 수 없다. 하지만 뱉은 말이라도 그것이 잘못되었음을 깨달았다면 바로 사과하는 것이 맞다. 사람은 누구나 실수할 수 있다. 자신의 실수를 인정하고 반성하는 모습은 오히려 호감을 불러일으킨다.

여섯 번째, 몸짓과 손짓, 표정을 충분히 섞어 말하자. 말 한마디로는 자신의 마음을 표현하기 힘든 순간도 있다. 그런 경우 적당한 몸의 언어로 표현하는 유연함도 필요하다.

말을 잘 하고 싶고 편안한 대화를 이끌어 상대방에게 호감을 불러일으키고 싶다면, 일단 평소 내가 사용하고 있는 말부터 점검해보아야 한다. 말은 곧 삶을 대하는 태도가 되고, 삶을 바꾸는 행동으로 이어진다.

나를 돋보이게 하는 태도는
결국 내가 하는 말에서 비롯된다.

성공한 사람들의 이분법

실패 없이 승승장구하는 것만 같은 사람들이 있다. 마치 세상의 모든 운을 다 가지고 태어난 것만 같은, 전생에 큰 덕을 쌓아 현생을 행복하게 살아가는 것만 같은 사람들 말이다.

하지만 그들에게는 남다른 이분법이 존재했다. 그들은 우리가 흔히 알고 있는 성공과 실패로 나누어진 이분법이 아니라, 성공과 과정으로 나누어진 남다른 이분법으로 살아간다.

그리고 성공으로 가는 과정에서 일어나는 작은 성

공에 결코 안주하지 않고, 이 과정을 계속해서 반
복해 나갔다.

우리가 결국 실패하지 않는 유일한 순간은
마지막이라는 마음으로,
그 과정을 다시 시작하는 것이다.

가장 경계하는 내 모습

삶이 힘들어질 때마다
요행을 바라곤 한다.

하지만 가장 경계해야 하는 건
요행을 바라고 있는 나의 모습이다.

'로또나 됐음 좋겠다.'
'떼돈이 들어왔으면 좋겠다.'

일확천금을 바라거나, 내 노력에 비해
터무니없이 큰 성과를 바랄 때가 그렇다.

요행은 없다.

행운은 꾸준하고
미친 듯한 노력 뒤에 따라온다.
요행을 바랄 때마다
브랜치 리키의 말을 되뇌어 본다.

"운은 계획에서 비롯된다."

공감 능력이 높은 사람

'공감'은 지능이다. 자신만 생각하며 행동하지 않고, 타인의 입장까지 헤아릴 줄 안다는 건 기본적으로 똑똑하고 머리가 좋다는 뜻이다.

공감 능력이 높은 사람은 어디를 가나 사람들의 호감을 사며 사랑받는다. 누구나 자신에게 따뜻한 사람은 알아보기 마련이니까. 그래서 공감 능력이 높을수록 쉽게 적이 생기지 않는다. 늘 배려하며 살기 때문에 타인에게 미움을 살 일이 없는 것이다. 결과적으로 사람 간의 유대감이 높고 좋은 관계를 유지하기 때문에 도움이 필요한 상황이 생겼을 때에도 기꺼이 손을 내밀어 줄 수 있는 사람들이 주변에 많아진다.

공감 능력이 좋아 따뜻한 말로 상대방을 보듬어주기 때문에 든든한 편이 자연스럽게 생기는 것은 물론, 자신에 대한 통찰도 깊어져 끝없이 내면의 성장을 이루며 살아갈 수 있다. '공감'이란 스스로에게도, 다른 사람에게도 긍정적인 에너지가 되는 좋은 연료인 셈이다.

나와 상관없는 일이라고 생각해 무시한 상황이, 언젠가는 내게도 일어날 수 있다. 결국 살아간다는건, 사람과의 관계를 잘 쌓아가는 일일 것이다. 서로의 입장을 이해하고 공감하며, 그렇게 함께 나아가는 것일 테다.

함께 성장하는 사람

옆에 있다 보면 나 역시 함께 성장하게 만드는 사
람들이 있다. 그런 사람과 함께할 수 있다는 건 그
야말로 행운이다. 결국 사람은 환경에 영향을 받
을 수밖에 없고, 그 환경 중에서도 나의 주변에 있
는 사람들이 큰 영향을 끼친다고 할 수 있다. 그렇
기에 사람 한 명만 잘 사귀어도 척척 일이 풀리기
도 하고, 사람 한 명을 잘못 사귀면 잘되던 일도 점
점 어려워지기도 하는 것이다.

1. '긍정적인 사람'과 함께하자.
평소 긍정적인 사람은 어떤 상황에서도 빛을 발한

다. 좋은 일은 더 좋게 만들고, 안 좋은 일도 좋아질 수 있으리라는 희망을 불러일으킨다. "그럴 수 있지!" "이것도 다 경험이야." "괜찮아, 잘하고 있어!"와 같이 어떤 상황에서도 긍정적인 태도를 보여주기 때문에, 함께 있는 나에게 긍정적인 영향력을 전해주는 건 당연한 일일 것이다.

2. '좋은 것은 나누는 사람'과 함께하자.

"이 음식 진짜 맛있어." "이 강연 완전 도움되더라고. 너도 꼭 들어봐."와 같이 맛있는 음식점을 발견했을 때, 혹은 유익한 강연을 듣거나 인상 깊은 책을 읽었을 때와 같이 좋은 것이 있으면, 꼭 주변 사람에게 이야기해주고 추천해주는 사람이 있다. 그렇기에 나누는 사람과 함께하면 배울 점도 많고 얻는 것도 많을 수밖에 없다.

3. '일을 잘 벌이는 사람'과 함께하자.

"우리 복싱 배울래?" "우리도 유튜브 시작해볼

까?" "옥상에서 파티 열래?" 흥미가 생기는 일이나 자신에게 의미가 있다고 생각하는 일이라면, 고민하거나 망설이지 않고 일단 시작하는 사람과 함께하면, 나 역시 다양한 경험치가 쌓여 놀라운 성장을 하게 된다.

혼자서 성장할 수도 있지만, 누군가와 함께 성장할 수 있다는 건 참으로 의미있는 일일 것이다. 서로의 부족한 점을 채워주고, 서로의 장점을 받아들이며 함께 걸어나갈 수 있으니 말이다. 지금, 주변에 함께하고 있는 사람을 살펴보고 서로의 성장 파트너가 되어주는 건 어떨까.

갈등을 해결하는 탁월한 대화법

종종 타인으로 인해 감정이 상하게 될 때가 있다. 우리는 이런 상황에서 불만이나 문제점을 상대방에게 이야기하게 되는데, 이런 대화는 자칫하면 무의미한 싸움으로 번지기 쉽다.

예를 들어, 당신이 매번 연락에 소홀했던 연인에게 불만을 이야기하는 상황에서,

"연락 잘 한다 해놓고 또 답장 없네. 너 이러는 거진짜 지긋지긋하다."

이렇게 말한다고 하자. 당신이 이 말을 하는 이유는 사실 '연락을 잘 해줬으면 하는 마음'과 '함께 행복하게 지내고 싶은 마음' 때문일 것이다. 하지만 불행히도 위처럼 이야기하게 되면 감정싸움으로 번지게 될 확률이 높다. 괜히 싸우고, 서운한 마음도 이해받지 못하며 본전도 못 찾는 상황이 되는 것이다.

그렇다면 상대에게 어떻게 불만을 말해야 유연하게 갈등을 풀어나갈 수 있을까?

포인트는 '나'에게 초점을 맞추는 것이다.
"너 연락 좀 잘 할 수 없어?"와 같이
'너'에 초점을 맞추는 것이 아니라,

1. 문제가 되는 상대방의 '행동'
2. 그 행동으로 인해 내가 느끼는 '감정'
3. 내가 원하는 '바람'

이렇게 세 단계를 거쳐

(행동) 네가 연락이 늦을 때마다
(감정) 나랑 한 약속을 잊은 건가 싶어서 내 마음이
서운해.
(바람) 나는 연락을 잘 해줬으면 좋겠어.

이렇게 말해보는 것이다. '나'에 초점을 맞춰 얘기
하게 되면, 상대방의 기분을 상하지 않게끔 하면
서 자신의 주장도 분명히 전달할 수 있다. 그만큼
갈등의 해결도 훨씬 수월해진다. 싸움 없이 성숙하
게 갈등을 해결했기 때문에 서로에 대한 신뢰감이
쌓이는 것은 물론이다.

갈등 상황에서도 비난이 아닌 성숙한 표현을 통해
갈등을 풀어나가며, 소중한 관계를 지혜롭게 지키
는 당신이 되기를 진심으로 바란다.

당신은 긍정주의자인가.
어떠한 상황에서도
긍정적이고 다정한 사람이 이긴다.

사람 공식

상대방 백날 깎아내려봤자,
당신의 위치는 올라가지 않는다.
오히려 상대방을 인정해주기 시작하면
나의 위치가 올라간다.
어떤 방식으로든.

믿기지 않는다면 진심으로
옆 사람을 응원하고 박수를 쳐 주고 인정해보자.
곧 당신 옆엔 당신을 어떻게든
끌어올려 줄 사람들만 존재하게 될 테니까.

운을 가져다주는
행운의 말

'난 어차피 안 될 거야' 혹은 '내 인생은 왜 이렇게
되는 게 없지?' 하고 스스로에게 부정적인 말을
하는 사람은 끊임없이 자책하고 가라앉는다. 그렇
게 스스로에게 불행의 말을 던진다고 해서 과연
삶이 더 나아질까?

절대 아니다. 사람은 계속해서 듣는 말에 영향을
받기 마련이라, 부정적인 말을 할수록 어느새 그
기운에 물들어 될 일도 무너져버리고 만다.

나 자신에게 어떤 말을 들려주느냐에 따라서 삶은

변화한다. 물론 반성과 되돌아보아야 할 일에는 따끔한 충고의 말도 필요하지만, 그렇다고 해서 자신을 끝까지 몰아세우며 비난할 필요는 없다.

말 하나로 당장 모든 일이 잘 풀리는 마법이 일어나는 것은 아니지만, 지속적으로 긍정적인 말을 함으로써 기꺼이 안 될 일도 되게 만들 수 있고, 좌절할 만한 일에도 툭툭 털고 일어날 수 있다.

이러한 긍정적인 말을 통한 경험이 쌓인 사람에게 행운과도 같은 기회와 성취가 따라오는 것은 당연한 일일 것이다. 그러니 뭐든 잘 풀리는 삶을 살고 싶다면, 자신에게 긍정적인 말을 끊임없이 들려주는 현명한 스피커가 되어야 한다.

자, 지금부터라도 다음과 같은 긍정적인 말을 통해 행운을 불러일으켜 보자.

1. 난 어차피 결국엔 잘 된다.

2. 지금이 기회다. 난 기회를 잡는 사람이다.

3. 마음먹으면 못할 게 뭐야.

4. 지금 하는 걱정? 1년 후면 기억도 안 난다.

5. 난 항상 최선의 선택을 한다.

6. 모든 문제에는 답이 있고, 답은 내 안에 있다.

7. 나는 지금도 성장하고 있다.

   내 미래가 기대된다.

8. 오늘도 하나 배웠다!

9. 내 인생은 좋은 방향으로 흐른다.

10. 난 충분히 최고다.

11. 후회하고 비교할 시간에 나는 더 움직이고
    발전한다.

12. 오늘도 진짜 애썼다!

13. 다시 돌아가도 지금만큼 해내진 못할 거야!

진짜 나를 알 수 있는 질문 5가지

지금 우리는 누구와도 쉽게 연결될 수 있고,
누군가의 삶을 쉽게 엿볼 수 있는
세상을 살아가고 있다.

하지만 다른 사람의 인생을 쉽게 엿볼수록
자연스레 나와 타인을 비교하며
부러움을 느끼게 되고,
결국 그 감정은 한없이
부족해 보이기만 한 자신에게
집중되고 만다.

'나는 왜 이럴까?'
'내가 할 수 있을까?'

조금씩 커지는 나에 대한 의심은
결국 스스로를 위축되게 만들고
그 어떤 도전에도
주저하고 망설이게 만든다.

이럴 때 중요한 건 '나'에게 집중하는 것이다.
나에게 집중하기 위해서는 스스로에게
끊임없이 질문을 던지는 것이 중요하다.

하나둘씩 질문이 쌓여갈수록
나에 대한 자신감 역시 쌓여가며
결국 그 누구와도 비교하지 않는
온전한 나로서
성장할 수 있게 될 테니 말이다.

1. 제일 좋아하는 영화나 노래가 있나요?

2. 내 기분을 좋아지게 만드는 일은 무엇인가요?

3. 나는 언제 기분이 나쁘거나, 화가 나나요?

4. 나에게 가장 소중한 사람은 누구인가요?

5. 지금 바로 도전해보고 싶은 일이 있나요?

지금 당신이 가장 원하는 건

무엇인가요?

무자본 창업

무자본, 무일푼 창업은 사실 다, 뻥이다. 나 자신의 인건비도 현물이기 때문에, 사실상 무자본 창업이라는 것은 세상에 존재하지 않는다고 생각한다.

주식회사 소셜링은 소셜미디어에서 디지털 콘텐츠를 제작하고 브랜드들의 SNS 채널을 운영 관리해주는 디지털 종합 광고 대행사이다. 나의 첫 창업의 시작이자 나의 20대가 모두 녹아 있는 곳이다.

내 노동력과 현금 900만 원으로 시작한 이곳, 더 정확하게는 정부지원금까지 더해 총 자본금 3천만

원으로 시작된 이곳은, 감사하게도 7년 차까지 잘 성장해 주고 있다.

7년 동안 어떤 팀원은 내 손에 청첩장을 쥐여 주었고, 또 어떤 팀원은 첫 아파트를 매매했다고 한다. 그리고 몇몇의 팀원들은 '내일채움청년공제'라는 청년 지원 제도로 2,000만 원 정도의 목돈을 수령하기도 했다. 매 순간 대단하다고 느낀다.

나는 뚜벅이 리더로 4년을 일하다 떠밀리듯 면허를 따고, 법인 자동차(찌그러진 감자)를 타고 다니다가 이제는 1년에 20,000km 정도는 가뿐하게 타는, 가끔은 한 손으로 운전할 줄도 아는 멋진 언니가 되었다. (부끄럽지만 뚜벅이 시절 생각하던 내 기준 멋진 언니의 모습이었다.)

처음 4명에서 40명이 될 때까지, 우리는 7년이 넘는 시간 동안 소셜링을 지켜냈다.

정말 매년 이사를 다녔다. 부지런도 했지! 프로 이사러가 되어, 각자 이사 박스에 본인의 짐과 컴퓨터를 해체했다 조립했다. 이 과정을 5번이나 반복한 팀원도 있다.

첫 사무실에서는 4명이 등을 맞대고 앉아 있었다. 책상에 앉아 고개를 뒤로 돌리면 서로의 얼굴이 코앞에 있었던 5평 공유 오피스에서, 테라스가 있는 두 번째 사무실로 이사하였다. 그땐 마음껏 떠들 수 있는 공간과 테라스가 모든 직원의 로망이었다.

또 금세 사람이 늘어나고, 만 1년 후에는 (상상만 해보았던) 회의실이 있는 사무실로 이사를 갔고, 그 다음 2020년에는, 지금도 믿기지 않지만 4개 층의 건물을 모두 우리가 사용하게 되었다. 각 층별로 팀이 나누어진 통 임대 사무실로 이사했을 때의 기분은 언제 떠올려도 짜릿하다.

그렇게 원하던 바를 딱 한 가지씩 욕심내며 4번의 이사를 했고 마침내 5번째, 2022년 8월. 드디어 우리는 ㈜소셜링의 이름으로 된 건물로 안착했다.

우리는 공간에 대한 걱정 없이, 사람과 세상을 잇는 콘텐츠 제작에 보다 집중할 수 있게 되었다. 이곳에서 소셜링은 지금의 팀이 본부가 되고, 그 본부가 기업이 되는 놀라운 그림을 만들어 갈 것이다.

요즘은 스스로에게 하루에 조금은 여유가 생겼다고 습관처럼 말하곤 하는데, 그렇다고 해서 일이 적어진 건 아니다. 나는 여전히 워크타임을 넘어 강도 높게 일을 수행하고 있고 언제나 그 일이 재밌다. 그저 내가 만드는 내 마음속에 여유가 생긴 것뿐이다.

매월 숫자 걱정에 시달리던 내가, 이제는 조직의 목표와 팀원의 성장에 더 몰두하고 있다. 오히려 매일 불안했던 마음이 조금씩 잠잠해지는 경험을 하며 몰입한다. 신기하다.

7년 만에 찾은 답이 하나 있다. 결국 어제보다 오늘, 내가 더 성장해야 우리 팀원이 성장하고, 우리 팀원들이 성장해야 우리 회사가 커나간다는 것. 이건 내게 있어 정답이다.

말은 내뱉고 주워 담을 수 없으니 늘 조심스럽지만, 한 번만 덜 겸손해 보고 싶다. 솔직히 나, 진짜로 더 잘할 자신 있다. 좋은 시선이든, 궁금한 시선이든, 혹 어디 한 번 해 보라고 하는 의심의 시선이든, 다 좋다. 앞으로 어떻게 살아가는지, 소셜링의 역사를 그저 함께해 주셨으면 한다.

관심 받고 싶다. 그래서 좋은 에너지를 가진 인재

가 우리 조직에 계속 깃들었으면 한다. 우리 팀원들이 된, 그리고 될 그 사람들이 사회의 구성원으로 잘 살아갔으면 좋겠다. 또한 가까운 친구를 넘어, 이 세상에서 '인생 정말 살 만하다'라고 말할 수 있는 사람들이 되었으면 한다.

2장

남에게
좋은 사람보다
나에게
좋은 사람

매일을 기분 좋게 보내는 법

출근할 때까지만 해도 따듯한 햇살과 선선한 바람에 기분 좋게 하루를 시작했는데, 거래처와의 문제와 이어지는 실수들로 금세 울적해진 날이 있었다. 울적한 기운은 그날 종일 나를 따라다녔다.

생각해 보니, 그 울적함은 나뿐만 아니라, 내 주변 사람들에게도 영향을 미쳤고, 결국 나로 인해 주변 분위기까지 차갑게 얼어붙었다.

물론 매일이 행복하고 기분 좋은 일만 있을 수는 없겠지만, 그렇다고 해서 안 좋은 기분을 종일 유지하며 하루를 망칠 필요가 있을까. 이미 돌이킬 수 없는 일로 소중한 하루를 허비하는 게, 얼마나 바보 같은 일인지 깨달았다.

살다 보면 내 의지와는 다르게 나를 괴롭히거나 우울하게 만드는 일은 끊임없이 발생하기 마련이다. 하지만 그럴 때마다 속상해하고 화를 내고 우울해한다고 해서 달라지는 것은 아무것도 없다.

오히려 아무런 일도 하지 않고 온전히 자신만을 위해 쉬는 시간을 가지거나 좋아하는 음식을 먹거나 햇볕을 쬐면서 산책을 하는 등 그냥 지나가는 잠깐의 기분이라고 생각하며 스스로의 기분을 끌어올리는 것이 좋다.

즉, 순간의 감정에 깊이 빠지지 않도록 자신의 기분을 관리할 줄 아는 것이 필요하다. 쉽지는 않겠지만, 의식적으로 노력하다 보면 작은 일에도 쉽게 속상해하지 않고, 감정에 지배당하지 않을 수 있다. 소중한 시간, 소중한 당신이 매일 기분 좋은 하루를 보낼 수 있었으면 좋겠다.

관심의 대상

"잘 지내? 힘든 일은 없고?"
"어떤 음식 좋아해?"
"요즘 너를 기분 좋게 하는 건 뭐야?"

누군가에게 건네는
안부와 질문에는 '관심'이 들어 있다.

요즘 별일은 없는지,
어떤 일로 힘든 건 아닌지 하는 걱정과
어떤 음식을 좋아하는지,
요즘 좋아하는 건 무엇인지 하는 궁금증.

우리는 누군가에게 관심을 표현하고
마음을 확인하는 방법으로
수많은 질문을 건넨다.

하지만 정작 자신에게는
'관심'을 표현한 적 있을까.

그렇게도 다른 이에게는
수많은 질문을 건네고
들려오는 대답에 귀를 기울여왔으면서
정작 자신에게는 어떤 질문을 건네 왔을까.

내가 좋아하는 음식은 무엇인지,
어떤 계절을 좋아하는지,
하루 중 가장 행복한 시간은 언제인지,
요즘 나를 가장 힘들게 하는 일은 무엇인지.

좋아하는 사람의 행복을 바라고

그를 위해 마음을 쓰는 일도 중요하지만,
그 누구보다
행복해야 할 사람은 바로 '나'다.

그러니 오늘부터는
다른 누구도 아닌
나에게 마음과 관심을 기울이고
질문을 건네보는 건 어떨까.

물이 깊어야
배를 띄울 수 있다

내게 인생과 가장 닮은 꼴이
무엇이냐고 묻는다면
바다라고 말하곤 한다.
바다는 내 이름의 한자이기도 하다.

"바다 해(海), 어질 인(仁)"

바다처럼 넓고 깊은 어진 마음을 가지고
살라는 의미의 이름이다.
그런데 '바다 해'라는 한자는
사람 이름에는 잘 쓰이지 않는다고 한다.

거친 인생을 살게 된다는 풍조가 있다고.
그래서인지
'아, 그래서 내가 이렇게 힘든 일이 많았나.'
싶을 때가 있었다.

언젠가 한번은 내 이름을 지어준 아버지께
이름의 한자를 '함께할 해(偕)'로 바꾸면
안 되겠냐고 이야기한 적이 있는데,
그때 아버지께서 말씀하셨다.

"인생은 본래 거칠고
풍파는 누구에게나 많은 것이다.
받아들여라."

그렇다.
인생은 바다와 같다.
불행이 없는 삶은 없으니까.

신기하게도 그 거친 바다를 헤엄치듯 살다 보면
잔잔한 바다의 결에 햇빛이 반짝이는
아름다운 순간을 만나게 되기도 한다.

결국 깊은 바다에서 큰 배를 띄울 수 있고,
바람이 세어 풍파가 일어야
날개도 펼쳐볼 수 있으니까.

그래서 이름을 바꾸지 않기로 마음먹었다.
난 그깟 바다 따위에 질 생각은 없으니까.
또한 물이 깊을수록 배는 더 잘 나아갈 테니까.

평생 흔들리고 불안하고
힘든 상황들이 찾아올 테지만,
'내가 또 한 번 성장할 기회를 주는구나'
라고 생각한다면
금방 이겨내고 나아갈 수 있다.

스스로를 아끼는
지혜로운 생각들

1. 계획한 일이 대부분 이루어지지 않는 만큼, 계획하지 않았던 일들도 자연스럽게 이루어지는 경우가 많다.

2. 어차피 불안할 거라면 인생 한 번뿐이니, 이왕 하고 싶은 거 다 하면서 살자.

3. 사랑을 마음껏 표현하자. 지금 그 마음은 표현을 해야 하는 순간이 지나가 버린 후에는 할 수 없는 일이다.

4. 스트레스 받고 괴로울 때는 일단 밖으로 나가자. 몸을 움직이는 것이 큰 도움이 된다.

5. 다른 사람을 보고 정한 외부의 기준과 잣대로

군이 나에게 엄격할 필요는 없다.

6. 자신의 단점을 인정하자. 장점부터 단점까지 나 자신을 받아들일 수 있을 때 진정으로 스스로를 사랑할 수 있게 된다.

7. '어차피 안 될 거야'라는 생각으로 시작조차 하지 않는 건 가장 바보 같은 짓이다.

8. 듣고 싶은 말만 듣는 사람에겐, 듣고 싶은 말만 들려주자. 어차피 바보는 그들이다. 그의 단점은 아마 본인이 가장 잘 알고 있을 것이다.

9. 과거를 후회하느라 시간을 보내지 말자. 당신에게 주어진 현재마저도 잃어버려서는 안 된다.

다른 사람에게 내 기운을 빼앗기지 말고,
'나'를 가장 많이 사랑하고 아껴주자.
나에게 충실한 사람으로
지혜롭고 행복하게 살아가기를
진심으로 응원한다.

그냥 그런 날도 있다

그냥 그런 날도 있다.
미친 듯이 힘든 날.

불행이라는 것들이
모조리 내게 닥쳐온 것만 같고,
관계가 내 마음 같지 않을 때.

일이 생각만큼 잘 풀리지 않고,
노력한 것에 비해
결과가 만족스럽지 않을 때.

타인의 성공과 행복에 불행을 느끼며
내가 한없이 부족해 보여
자책하게 되는, 그런 날.

그런 날에는
오히려 복잡하게 생각하고
고민하기보다는

'아, 그냥 그런가 보다.'
'얼마나 잘되려고 그러나.'
하는 단순한 생각들로
머릿속을 채워보자.

힘든데 어떻게 그렇게 쉽게 생각할 수 있냐고
말이라고 쉽게 이야기하는 것 아니냐고
반문할 수도 있겠지만,
그렇게 생각할수록
의외로 한결 마음이 편안해진다.

어차피 복잡하게 생각해봤자
달라지는 건 없다.

지금 당장에는 미칠 듯 힘들어도
지나고 보면 별것 아니라고 여겨지는 것처럼
때론 단순하게 사는 게
필요할 때도 있다.

취향이 쌓여 내가 된다

지인들과의 모임에서 '좋아하는 것'에 대해 이야기를 나누게 되었다. 좋아하는 음식, 영화, 음악, 여행지, 사람…… 좋아하는 것에 대해서라면 무수히 많은 주제를 들 수 있었다.

그리고 그에 대한 답변은 제각기 달랐다. 누군가는 매운 음식을 좋아했고, 누군가는 매운 음식보다 싱거운 음식을 좋아한다고 했다. 또 누군가는 화려한 액션 영화를 좋아했고, 누군가는 달달한 로맨스 영화를 좋아한다고 했다.

좋아한다는 건 곧 그 사람의 '취향'이다. 모든 사람이 같을 수 없듯, 취향 역시 마찬가지다. 한 사람 한 사람의 경험, 생각, 영향 등 여러가지의 요인에 의해 자신만의 취향이 만들어지기 때문이다.

또 반대로 그러한 취향들이 모여 나를 만들기도 한다. 취향을 좇아가다 나와 맞는 직업을 찾게 되기도 하고, 취향으로 연결된 새로운 사람을 만나 영향을 주고받게 되기도 하기 때문이다.

결국 취향을 아는 과정은 나를 알아가는 과정일 테다. 그러한 과정들이 쌓이고 쌓이면, 좀 더 확고한 나만의 세계를 이룰 수 있을 것이다.

호감을 전하는 말

호감을 불러일으키는 사람은 멋진 외모와 비싼 옷을 걸친 사람이 아니라 배려하는 마음과 긍정적인 태도, 그리고 따뜻한 말을 건넬 줄 아는 사람이다.

돌이켜 보면, 힘든 순간 건네받은 따뜻한 말 한마디가 그 어떤 것보다 값지게 다가오곤 했다. 또한 사소한 행동이라도 문을 잡아준다거나 양보해주는 등의 배려하는 모습을 보고 큰 호감을 느끼기도 했다.

결국 함께 살아간다는 건 이런 게 아닐까. 내가 먼

저인 것도 좋지만, 나보다 더 도움이 필요해 보이는 사람을 위해 먼저 손길을 내밀 수 있는 마음. 괜찮은지, 상대방을 살필 줄 아는 다정한 말 한마디. 곁에서 오래도록 함께하고 싶은 사람은 바로 이런 사람이다.

상대방에게 호감을 전하고 싶다면,
배려를 담은 따뜻한 말 한마디부터
건네보는 건 어떨까.

1. 너는 어떻게 생각해?
2. 그럴 수도 있지!
3. 못 보던 옷이네. 너랑 잘 어울린다!
4. 걱정하지 마. 잘하고 있어.
5. 너 정말 잘한다! 멋있어!
6. 이번에도 결국엔 잘 지나갈 거야.
7. 정말 고마워.
8. 누구나 한 번쯤은 겪을 수 있는 일이야.

9. 다른 사람 말은 신경 쓰지 마.

10. 힘들면 잠시 쉬어 가자.

11. 언제나 응원해!

12. 오늘 하루도 고생했어.

내가 남들에게 빌어준 축복과 행복은
나에게로 돌아와 더 큰 행운이 된다.

꽤 잘 살고 있다고

놓치면 안 되는 것들이 있다. 우리는 크기와 상관 없이 주변에 있는 행복들을 마음의 텃밭에 심을 수 있어야 한다. 물도 주고, 사랑도 주고, 잘 자라 나고 있는지 꾸준히 관심을 가져야 한다. 매일 행 복만 가득한 삶은 아니더라도, 하나하나 모아 온 행복들이 무럭무럭 자라나 행복해질 수 있도록 말 이다.

그렇게 된다면 이만히먼 스스로에게, 꽤 잘 살고 있다고 자신 있게 말할 수 있지 않을까.

감정과 거리 두기

많은 이들이 갑작스럽게 닥친 문제나 상황 앞에서 자주 감정적으로 변하곤 한다. 감정에 취약해 쉽게 드러나보이는 것이다. 하지만 어떤 상황에서도 쉽사리 감정을 드러내는 건 좋지 않다. 그렇게 된다면 문제가 해결되기는커녕 오히려 걷잡을 수 없이 더 악화될 가능성이 크다.

더 나아가 상대방은 오히려 차분하고 부드럽게 받아친다면, 결국 부끄러움을 느껴야 하는 건 온전히 내 몫이 되고 만다.

부드럽고 온화하지만, 절대 남에게 기죽지 않고 단단해 보이기 위해서는, 자신의 감정을 조절하고 다스릴 줄 알아야 한다. '지금 내가 느끼는 감정이 이 상황에 어울리나?' '굳이 내가 지금 기분 나쁠 필요가 있나?' 하고 감정을 드러내기 전 찬찬히 생각해 보는 시간을 가진다면, 쉽게 감정에 지배되지 않을 수 있다. 내 기분에 곧바로 반응하지 않고 잠시 감정과 거리를 두는 것이다.

내 감정을 마치 다른 사람이 된 것처럼 제3자의 시선으로 바라보는 것이 중요하다. 한순간 밀려드는 감정으로, 삶의 중요한 순간을 흘려보내지 않길 바란다. 결국 다정한 사람이 이긴다.

이 사람과 평생 함께하고 싶어지는 30가지 순간

1. 좋은 일이 생기면 가장 먼저 떠오를 때
2. 재미있는 게시물을 보고 그 사람을 태그 할 때
3. 좋아하는 동물이 같을 때
4. 서로의 추억에 공감될 때
5. 싫어하는 대상이 같을 때
6. 유독 힘든 날 자연스럽게 떠오를 때
7. 갑자기 연락해도 상냥하게 받아줄 때
8. 내 표정만 보고 기분이 어떤지 알고 있을 때
9. 내가 싫어한다고 말한 행동은 하지 않을 때
10. 인생 영화가 같을 때
11. 내 칭찬에 감동할 때

12. 그 사람을 떠올리면 입가에 미소가 번질 때

13. 밥은 잘 먹는지, 잠은 잘 자는지 일상이
    궁금할 때

14. 그 사람의 고민이 내 고민처럼 느껴질 때

15. 특별한 일 없이 같이 있기만 해도 즐거울 때

16. 그 사람의 단점이 밉지 않을 때

17. 대화가 끊기지 않을 때

18. 다른 사람들 앞에서 그 사람 칭찬을 할 때

19. 좋은 걸 보거나 들으면 그 사람이 떠오를 때

20. 내 자존감을 항상 지켜줄 때

21. 둘만 아는 비밀이 많아질 때

22. 내게 아무것도 강요하지 않을 때

23. 같이 가고 싶은 곳이 점점 많아질 때

24. 환절기에 그 사람의 건강이 걱정될 때

25. 그 사람이 항상 잘 됐으면 좋겠다고 생각할 때

26. 나도 모르게 그 사람을 믿고 있을 때

27. 그 사람이 앞과 뒤가 같다는 걸 느꼈을 때

28. 웃는 모습만 봐도 나까지 즐거울 때

29. 그 사람의 성공에 전혀 질투가 나지 않을 때

30. 이 글을 보고 그 사람이 떠오를 때

이 글을 읽다가 떠오르는 그 사람이
당신과 평생을 함께할 소중한 사람이다.
그런 사람이 생겼다는 것은
당신의 인생이 평생
외롭지 않을 거란 걸 증명한다.

오늘은 당신의 그런 소중한 사람에게
'고맙다'라고 말해보는 건 어떨까.

좋은 사람

좋은 사람이 되면
나머지 것들은 어떻게든 따라온다.

자기 '일'에 소명과 확신이 있고
'사람'으로서 매력적이며
'나눔'에 대한 가치를 알고
함께라는 사실에 '감사'함을 느끼는,
이러한 사람이 좋은 사람이다.

인생은
때때로 안되고
때때로 잘되니

일희일비하기보다
매일의 잔잔한 행복을
느끼며 살자.

마음을 쓰는 일

마음을 쓰는 게 어려워서 그렇지.
한 번 쓰다 보면 계속 쓰게 된다.

그렇게 마음을 쓰다가 상대방이 몰라주거나
더 이상은 쓸 필요가 없다고
판단되면 그만두면 되고,
반대로 상대방이 내 마음을 알아주고
진심이 통한다면 계속해서
마음을 쓰면 될 일이다.

어려운 일인데 생각보다 쉬울 수도 있다.

그렇게 서로 자꾸 마음을 쓰면
마음이 단단해진다.
상처받아 여려졌던 마음들까지도.

그러니까 마음이 맞는다는 생각이 들면
자꾸만 써야 한다.
서로가 보다 더 단단해질 수 있도록.

긍정적인 사람이
결국 잘되는 이유

1. '그럴 수 있지~' 하는 긍정적인 마인드를
   가지고 있어 스트레스를 덜 받는다.

2. 부정적인 생각에 빠지지 않기 때문에 작은
   행복들을 느낄 줄 아는 삶을 산다.

3. 주변 사람들에게 다정하고 따뜻한 사람으로
   환영받고 사랑받는다.

4. 편견이 적고 수용의 범위가 넓어,
   새로운 배움의 기회가 많다.

5. 둥글둥글하게 살아가기 때문에,
   불필요한 문제에 휘말릴 일이 없다.

6. 힘든 일이 있을 때면 달려와 줄 사람들이 많아

든든하다.

평소 긍정적인 마음가짐을 가진 사람이 잘될 수밖에 없는 이유는 사소한 문제를 어렵게 생각하지 않고 쉬이 넘기며, 상대방에게 쉽게 선의를 베풀고 따뜻한 마음씨를 가지고 있기 때문에 결국 주변에까지 그러한 사람들로 채워지기 때문이다.

그러니 나와 주변 사람들을
아끼고 사랑하며 긍정적이고 따뜻하게 살아가자.
좋은 기운이 모여, 당신의 삶 또한
좋은 방향으로 흘러갈 테니까.

나와 잘 맞는 사람 찾기

나와 정반대인 사람에게 매력을 느낄 때도 있지만, 나와 성향이 잘 맞는 사람과 함께할 때 좀 더 편안함을 느끼게 된다. 기본적인 가치관이 닮아있어 같은 공감대가 형성되기 때문에 오래 알고 지낸 사람처럼 안정감을 느끼게 되는 것이다. 결국 비슷한 사람들이 함께하게 되는 이유이다.

잘 맞는다는 건 나와 마음을 주고받을 수 있다는 뜻이다. 생각하고 배려하며, 공감과 유대를 쌓을 수 있는 관계인 것. 이런 관계를 함께할 수 있는 사람이 옆에 있다는 것은 너무나 큰 행운이다.

함께 웃을 수 있고, 서로를 위해 울 수도 있는 마음의 안식처 같은 사람들과 함께하며 따뜻하게 살아가기를 바란다.

사소하지만 사소하지 않은 말

"안녕하세요."
버스에 올라 기사님께 건네는 말.

"잘 먹었습니다."
맛있는 식사 후 식당을 나서며 전하는 말.

"고맙습니다."
출입문을 잡아주는 따듯한 배려에 답하는 말.

사람과 사람이 친해지려면 많은 시간과 노력이 필
요할 것 같지만, 한순간에 녹아버리는 게 사람의

마음이라, 짧은 말 한마디만으로도 상대의 닫힌 마음을 활짝 열리게 만들 수 있다.

조금은 어색하고, 낯간지럽더라도 상대방의 배려와 수고를 알아주고, 그에 고마움을 전하는 따듯한 말 한마디가 사람 사이의 기운을 따듯하게 물들인다.

오늘은 내가 먼저 따듯한 말 한마디를 건네보자. 그 따듯함이 결국 나의 마음까지도 물들여 하루를 충만하게 채워줄 것이다.

지금 내가 건네는 따듯한 말 한마디가
오늘의 나를 만든다.
삶의 모든 가치는 나로부터 시작된다.

택시 기사님의 온기

택시 기사님이 따뜻한 봄바람을
맞아보자며 창문을 내린다.
따듯한 바람과 봄의 냄새가
고스란히 택시 안을 채운다.

신호에 걸려 잠시 택시가 멈추자,
기사님은 재빠르게 고개를 돌려 갓길에 핀
개나리를 보며 아이처럼 좋아하신다.

날마다 여행하는 기분으로 산다는 기사님.
사계절인 우리나라가 선물 같다는 기사님.

나에게 노란색이 잘 어울릴 것 같다고
다정한 말을 건네주시는 기사님.

다정한 시야로 온기를 나눌 수 있는 사람.
나는 이런 다정한 사람들이 좋다.

감정 기복 없이
평온함을 유지하는 방법

감정 기복이 심할 때는 신경이 예민해져서 중요한 일을 그르치게 되기도 하고, 주변에 불필요한 짜증을 내는 등 결국 후회할 만한 일을 남기게 만든다.

부정적인 감정이 부정적인 일을 다시금 만들어내는 악순환이 이어지는 것이다.

감정 기복을 줄이고 평온함을 유지하고 싶다면, 자신의 감정을 바로 보고 상황에 맞게 대처하며 조절할 줄 알아야 한다.

감정을 어떻게 조절하는지에 따라서 하루는 완전히 달라진다. 결국 달라진 하루를 만드는 것은 다른 그 무엇이 아닌, 바로 나에게 달려있다.

1. 환경을 바꾼다.

감정이 크게 요동쳐 힘들 때는 일단 부정적인 감정이 생긴 장소에서 벗어나야 한다. 예를 들어 그 장소가 실내였다면, 밖으로 나가 햇볕도 쐬고 신선한 공기를 들이마시며 천천히 걸어보는 거다. 의외로 환경의 변화는 기분을 변화시키는 단순하지만 쉬운 방법이다.

2. 가사가 좋은 음악을 듣는다.

감정에 대한 이해도가 높은 사람은 오히려 다양한 감정을 마주할 때, 보다 안정감 있는 평온함을 유지한다. 만일 이별을 했다면, 그 감정을 마주해보는 것이다. 가사에 감정이 진하게 묻어 있는 음악이나 발라드 음악을 들으며 감정이입을 해보는 것도 하나의 극복 방법이다.

3. 짧은 수면을 취한다.
10~15분 정도의 짧은 수면은 순간적으로 집중되어 있던 부정적인 감정을 느슨하게 만든다. 매일의 취침 시간을 조금 더 늘리는 것도 자주 올라오는 부정적인 감정을 통제하는 데 도움이 된다.

미워하는 생각을 하지 말 것

"시간이 해결해줄 거야."

과연 이 말은 추상적인 위로일까,
아니면 과학적인 근거일까.
스트레스를 줄이고,
건강하게 살고자 한다면
후자가 분명하다.

실제로 긍정적인 사람은
부정적 자극이 와도 전두엽이 발달하여
감정을 주관하는 편도체와

측두엽에 조절 신호를 보내어
감정 회복력이 빠르다고 한다.

우리의 뇌 구조는
어떤 사건과 기억을 미화시키는 역할을 한다.

나에게 상처 준 헤어진 연인도 시간이 지나면
'그래도 착했지. 이런 면은 참 좋았어.'
라고 생각하며 본인을 위로하는 것이다.

그렇게 인간은 엄청난 회복력을 가지고 있다.
결국 안 좋은 기억들은 다 지워지고
아름답고 잘한 일들만 기억에 남는다.

그러니, 지금부터라도 내 시간을 들여
누군가를 미워하는 건
생각하지 않는 것이 좋겠다.

그 누구보다 행복하자가 아닌
오롯이 나를 위해 행복할 것.

만족스러운 하루를 보내는 법

1. "아, 오늘 하루도 기분이 좋다!"라고 말하며 일어나기
2. 좋아하는 노래를 들으면서 하루 시작하기
3. 일어나자마자 휴대폰 보지 않기
4. 입고 나갈 옷 깔끔하게 정돈하기
5. 오늘 해야 할 일 미리 계획하기
6. 내가 먼저 웃으면서 인사하기
7. 모든 일을 잘해야 한다는 생각 버리기
8. 중요한 일부터 먼저 처리하기
9. '실수를 하지 않는 사람은 없다'는 사실 기억하기

10. 남의 단점보단 장점을 먼저 보려고 노력하기

11. '이 또한 지나가리라' 마인드 가지기

12. 틈틈이 몸을 쉬게 하는 짧은 스트레칭하기

13. '왜 저래?'보다 '그럴 수도 있지'라고 생각하기

14. 계산적이게 굴지 않고, 솔직하게 행동하기

15. 겸손과 비하는 다르니, 스스로를 낮추는 말은
    하지 않기

16. '고마워' '미안해'와 같은 마음 표현 아끼지
    않기

17. 좋은 말만 기억하기

18. 지금 해야 할 일을 나에게도 남에게도 절대
    미루지 않기

19. 하루에 5분, 나에게 행복을 만들어 주기

20. 도움이 되는 충고는 기분 좋게 받아들이기

21. 도움 요청을 민폐라고 생각하지 않기

22. 시작한 일은 확실하게 마무리 짓기

23. 눈치 보지 않기

24. 오늘 들은 말은 곱씹지 않고, 있는 그대로

받아들이기

25. 남과 나를 비교하지 않기

3장

작은
차이에서
오는
큰 격차

진짜 잘 될 것 같아

상황이 좋지 않더라도
스스로 선택한 일에 대해서는
낙관적으로 바라보며,
긍정적인 응원의 말을 건네야 한다.

시작도 하기 전에
이미 부정적인 결과를 예측하며
걱정하는 건, 그 어떤 도움도 되지 않는다.

"이번에는 진짜 잘 될 것 같은데?"
"이번 일 잘 마무리할 수 있을 거야."

"나는 진짜 할 수 있어."
"나는 앞으로 잘 될 거야."

뻔한 것 같지만 모든 일을
긍정적으로 바라보는 자세는,
새로운 일을 헤쳐 나갈 수 있는 에너지를 주고,
어떤 일이든 다 할 수 있는 것처럼
스스로를 속일 수 있게 만든다.

그러니 비관적으로 바라보기보다
언제든지 내가 해결할 수 있다는
긍정적인 마인드를 가져보자.

그렇다면 긍정의 힘을 바탕으로
어떤 일에도 성공을 향해 나아갈 수 있는
사람으로 성장해 나갈 수 있다.

삶을 변화시키는 습관

1. 마음속으로 남보다 나를 더 생각하는 것
2. 휴대폰 화면보다 사람들의 눈동자를 더 많이
   바라보는 것
3. 타인과 비교하지 않고 나의 강점에 집중하는 것
4. 생각나는 사람에겐 잊지 않고 연락하는 것
5. 기회라는 생각이 들면 주저하지 않고 잡는 것
6. 무례한 말과 행동에는 그저 웃으면서 넘어가지
   않는 것
7. 주면서 받을 생각 하지 않는 것
8. 체력을 위해 꾸준하게 운동하는 것
9. 스스로가 어떤 사람인지 알고 있는 것

10. 끊임없이 무엇인가에 도전하는 것

삶을 변화시키는 습관은
거창하거나 대단한 것이 아니라,
의외로 작은 것에서부터 시작된다.

이러한 작은 습관들이 쌓여
놀라운 변화를 만들어낸다.

드디어 감 잡았어

윈스턴 처칠은 제2차 세계대전을 승리로 이끈 대표적인 지도자로서 누구나 존경할 만한 리더십을 지닌 인물이다. 사납고 고집스러운 '불독'에 비유되기도 하지만, 그의 불굴의 용기와 리더십이 아니었다면, 그가 영국민들을 하나로 결집시키지 못했다면, 오늘날 우리는 지금과는 훨씬 다른 세상을 살고 있을지도 모를 일이다.

"낙관주의자는 위기 속에서 기회를 보고, 비관주의자는 기회 속에서 위기를 본다."

윈스턴 처칠이 한 이 말은, 지금껏 성공에 가까이 있는 사람들을 만났을 때마다 느꼈던 감정이라 크게 공감하였다. 진짜 강한 사람은 위기 속에서 빛을 발한다. 그리고 늘 좌절하는 사람들은 기회임에도 의심하고 실행하지 않는다.

나의 고등학교 동창이자 200만 유튜브 채널 '핫도그 TV'의 권기동 크리에이터는 누구나 인정할 만한 힘든 일이 닥쳤을 때, 습관처럼 하는 말이 있다.

"이제야 감 잡았어!"

신기하게도 그는 이 말을 늘 가장 힘들 때 내뱉는다. 결국 진짜 성공하는 사람들의 공통점은 위기를 맞았을 때 더 많은 사유와 자아 성찰을 한다는 것이다.

위기는 누구에게나 찾아오고,

결국 그것을 극복해내는 것이 능력이다.

긍정의 주파수에 나를 맞추면
반드시 좋은 일이 찾아온다.
잘되고 있다고, 옳은 길로 가고 있다고,
그럴 수 있다고, 다 잘될 것이라고 믿으면
정말로 그렇게 된다.

인생 밸런스

인생은 밸런스다.

모순된 것들에서 균형을
잘 이루며 살아가야 한다.

돈 생각 안 하면 돈이 모이는 것과
돈만 생각하면 돈을 모을 수 없다는 것.

다른 사람 의견은 듣지 않아야 할 때와
다른 사람의 의견을 수용할 때를
구분할 줄 아는 것.

과하면서도 적당한 것과
적당한 듯 싶으면서도 과한 것.

넘어져 봐야 일어설 수 있는 것과
뛰면서도 넘어질 걸 대비해야 하는 것.

그러니까 누가 당신 생각과
반대 의견을 내도 그냥 그러려니 하고
생각하면 그만이다.

그것도 언젠가 맞는 말이다.
모든 일이 그럴 수도 있는 거니까.
그렇게 생각하는 순간
한결 마음이 편해진다.

모순 사이에서 부지런히
균형을 잡아야 하는 게 인생이다.

꺾이지 않는 마음

내가 감당할 수 없는 힘든 순간과 불행은
언제나 예측하지 못하는 시점에서 찾아온다.

이런 순간이 왔을 때
곧바로 포기해버리는 사람이 있고,
이 순간을 기회 삼아
더 빠르게 나아가는 사람이 있다.

후자의 경우처럼 힘든 순간에도
끝까지 버틸 수 있는 이유는
어떤 일에도 꺾이지 않는 마음이

굳건하게 자리 잡고 있기 때문이다.
그 어떤 순간에도 가장 중요한 건
선택에 대한 확신과
자신에 대한 굳건한 믿음이다.

그러한 믿음만 있다면
설령 원하는 결과를 얻지 못해도
다시 일어설 수 있다.

당장의 결과는 얻지 못했더라도
내가 성장할 수 있는 충분한 경험을
얻었다고 믿기 때문이다.

어떤 누군가의 믿음보다
당신의 꺾이지 않는 마음이
당신을 일으켜세울 수 있음을
기억하기 바란다.

삶을 버티게 하는 사소한 것들

1. 기다리던 택배가 도착한다는 문자
2. 집 도착시간에 딱 맞춰 온 배달 음식
3. 좋아하는 노래 들으며 걷기
4. 여행 사진 보면서 추억 떠올리기
5. 친구와 사소한 농담에 배 아프게 웃기
6. 적금 통장 만기 후 찾으러 가는 길
7. 나를 격려해주는 상대방의 말 한마디
8. 지하철, 버스에서 내 앞에 자리가 생긴 순간
9. 알람 없이 푹 늦잠 잘 때
10. 강아지나 고양이 쓰다듬을 때
11. 사랑하는 사람의 따듯한 체온

12. 꼭 갖고 싶었던 물건 샀을 때

13. 주말에 떡볶이 먹으면서 드라마 정주행

14. 기다리고 기다리던 월급날

15. 따듯한 물로 샤워 후 이불 속에 들어갈 때

16. 나만 깨어있는 새벽의 적막함을 느낄 때

17. 산책하면서 상쾌한 공기를 느낄 때

18. 사랑하는 사람들에게서 편지를 받았을 때

19. 좋아하는 영화 또 보기

20. 마음에 쏙 드는 맛집 발견했을때

유난히 지치고 힘든 날, 나를 일으켜주는 것들은 사실 생각보다 거창하거나 대단하지 않다. 일상에서 만날 수 있는 작고 사소한 것들이 하나둘 모여, 내일을 살아갈 힘이 되어준다.

자기 객관화

자신을 너무 높게도
낮게도 평가하면 안 된다.
그래서 자기 객관화가 중요하다.

자신이 어떤 수준에 있는 사람인지,
지금 내가 해낼 수 있는 게 무엇인지,
스스로 반추하고 주변을 둘러봐야 한다.

변하고 싶다면 주변을 바꾸는 게
가장 효율적이다.
자기 객관화가 안 되는 것만큼 못난 것도 없다.

주어진 하루를 마음을 다해
살아간다는 것은 오늘뿐만 아니라
미래의 오늘까지
함께 만들어 가는 것이다.

존재만으로도 든든한 사람

주변 사람 중 사소한 일에도 불같이 화를 냈다가
또 금세 웃었다가, 시종일관 종잡을 수 없는 사람
이 있다. 그런 사람과 함께인 날이면 유난히 더 지
치고 힘들곤 했다.

하지만 반대로 존재만으로도 든든한 사람도 있다.
화가 나가는 일에도 버럭 화를 내기보다는 상황을
제대로 파악하고 있는 그대로를 받아들일 줄 알
며, 자신과 생각이 다르다고 해서 틀리다고 지적하
기보다는 다름을 인정하며 상대방을 존중해주는
사람 말이다.

이러한 사람과 함께 있다 보면, 나 역시 진중해지고 매사 편협한 시각으로 바라보기보다 넓은 시각으로 바라보게 되곤 한다.

결국 어떤 사람과 함께인지에 따라 보는 시야도, 생각하는 것도, 모두 달라진다. 그러니, 당신을 힘들게 하는 사람이 아닌, 당신을 긍정적으로 변화시켜 줄 사람과 함께해야 한다. 결국 당신의 긍정적인 변화가 또 다른 사람에게도 긍정적인 변화를 불러일으킬 것이다.

멘탈이 흔들리는 건
당연한 것

어제까지만 해도 잘 될 것이라 굳게 믿었는데, 오늘 아침에는 그 믿음이 산산조각 무너질 때가 있다. 강한 확신이라 생각한 것마저도 약한 흔들림 앞에서는 부스러지고 만다.

개인의 믿음은 여러 상황과 타인 앞에서 작아지기 마련이고 아주 잘되고 있다는, 앞으로 잘될 것이라는 마음을 갖는 건 너무나도 쉽지 않기 때문에 가끔은 이 삶의 굴레가 원망스러울 때도 있다.

하지만 후회해봤자 과거는 지나간 장면일 뿐이고,

오늘은 언제나 다가올 나의 꿈의 발판이다. 먼 훗날 지나간 오늘을 떠올렸을 때, '아 모든 건 그때의 오늘 덕분이었구나.' 싶은 날이 분명 올 것이다. 그러니 지금 내가 하고 있는 일들을 믿는 수밖에.

계획한 것들은 틀어질 수 있다. 기대했던 것들은 실망으로 다가올 수 있다. 사소한 것들이 나를 무너뜨릴 수도 있다. 하지만 그럼에도 불구하고 우리가 느끼는 대부분의 두려움은 어쩌면 별것 아닐 때가 많다.

막상 부딪혀보면 '진짜 별것 아니었네' 싶은 일들 말이다. 지금 느끼는 것들은 막연한 불안일 테고, 주변에서 하는 말들은 직접 겪어보지 않은 자들의 어림짐작일 뿐이다.

명곡은 악기 없이도 빛이 난다. 막연했던 구름이 걷히고 나면 눈부시게 빛날 당신이 있다. 움츠러들지 말자. 사실 별것 아닐 수도 있다.

모든 시작은 서툴기 때문에 필연적으로 손가락질
이 따라오기 마련이다. 그래서 우리는 받아들이는
것에도 익숙해져야 한다. 부끄럽고 창피하고 인정
하기 싫은 모습도 결국엔 나의 일부라는 것을.

사람을 꿰뚫어 보는 방법

1. 생각이 다를 때

원하는 대로 일이 풀리고, 생각이 같아 문제없이 대화를 할 때는 웬만한 사람들이 다 좋다. 그렇기에 서로 의견이 다르거나, 잘못에 대해 지적받았을 때의 모습을 살피는 게 중요하다.

고집스럽게 언성을 높이거나 논리 없이 생각을 강요하고, 뇌를 안 거치고 후회할 말을 뱉어버리지는 않는지, 유연한 사고와 대화가 가능한 사람인지 살펴보아야 한다.

2. 가장 편한 사람과 있을 때

가족이든, 오래된 친구든 가장 편한 사람과 함께할 때 사람은 자신의 가장 편한 모습, 즉 본모습을 드러내기 마련이다. 흔히들 식당 종업원이나 어린이, 노인 등 상대적 약자를 대하는 모습을 보라고 하는데, 이것도 도움은 되지만 확실한 건 가장 편한 사람과 있을 때이다.

잊지 말자. 그 사람이 진정 어떤 사람인지 가장 드러나기 쉬운 때는 편한 사람과 있을 때라는 것을.

3. 피곤하고 지쳤을 때

물론 누구든 피곤하거나 상태가 좋지 않을 때는 무조건적으로 친절하긴 힘들다. 하지만 '내가 힘들다'라는 이유로 사람으로서 해야 할 최소한의 배려나 존중 없이 주위를 막 대하는 사람은 문제다.

'내가 힘든데 어쩌라고' 하는 식이다. 이런 사람은 오직 자기 자신만 중요하게 생각하고 참을성이 부족한 이기적이고 유아적인 성품을 지닌 사람이다.

연기자나 사기꾼이 아닌 이상
'진짜 모습'은 일상에서
조금씩 드러나게 마련이다.

어딘지 모르게 싸하거나,
나에게 상처나 피해를 주는 사람이 있다면
주의 깊게 살펴보길 바란다.

직업 의식

직업 의식을 가져야 한다.
유명한 축구 선수나 연예인들을 보며
이렇게 말하는 사람도 있다.
"그 돈 받으면 나도 저렇게 할 수 있어."

하지만 '그 돈'을 받기 위해
그들이 얼마나 노력하고
매 순간 철저했는지
그 누구도 가볍게
평가하거나 가늠할 수 없다.

직업 의식은 나를 위한 것이자,
내 가족, 동료 등을 위한 것이다.

'나는 왜 이 일을 하는 것인가?'
'이 일로 세상에 얼마나 기여를 하고 있는가?'

계속해서 스스로에게 질문하며
자신이 하는 일에 대한 책임감을 가져야 한다.
대충 하자는 마인드로는 절대 오래 갈 수 없다.

직업 의식에 덧붙여 말하자면,
자신이 하는 일을 사랑하고
일을 하는 자신의 모습을
자랑스러워 하는 사람은
스스로 존경할 수 있으며,
삶의 어떠한 것도 관철할 수 있게 된다.

반대로 어떤 상황에서도

"하기 싫어"를 입에 달고 사는 사람은
스스로의 평가를 점점 더 낮게 만드는 것이다.

우리는 대략 인생의 1/3을 일을 하며 살아간다.
그러니 그 삶의 많은 부분을
무의미하게 만들기보다
보람있게 만드는 게 정답 아닐까.

천재라 불리는 사람들은
타고난 재능 때문이 아니라,
할 수 없다고 변명하지 않고
누구보다 꾸준히 노력했기에
성공한 것이다.

인간관계를 현명하게 지키는 법

친구가 전부였던 때, 혹시나 친구를 서운하게 만들어 나를 떠나지는 않을까. 나보다 더 잘 맞는 친구를 사귀어 나와 멀어지지는 않을까. 관계에서 멀어지지 않기 위해 전전긍긍하던 때가 있었다.

친구가 좋아하는 음식이라면 나도 좋아했고, 친구가 하고 싶은 거라면 나도 하고 싶었다. 그때를 돌이켜보면, 오히려 나에 대한 존중과 배려보다 늘 친구의 입장에서 생각하고 행동하곤 했다.

하지만 오랜 시간 가까웠던 사이일지라도 어느 순

간 서먹해지기도 했고, 영원할 것 같았던 연인과 남보다 못한 사이가 되기도 했다. 또 굳게 믿었던 동료가 내 뒤통수를 치는 경우도 있었다.

나이를 먹고 친구에서 연인, 동료 등 여러 인간관계를 겪고 보니, 결국 어떠한 관계에서라도 내가 지켜야 하는 중심은 바로 나라는 사실을 깨달았다. 내가 단단한 중심으로 버티고 있어야 어떤 관계에서도 진심을 다할 수 있고, 혹 그 진심이 끝나더라도 다시금 시작할 수 있다는 걸 말이다.

인간관계는 나 혼자서 할 수 있는 게 아니다. 결국 사람과 사람 사이의 연결이고, 결국 내가 아닌 사람에 대한 건 나의 권한 밖의 일이다. 내가 결정할 수 없는 일들에 매달리기보다 나에게 집중하고, 나를 지키는 것이 현명한 방법이다. 결국 어떠한 관계에서도 내가 중요하게 생각해야 하는 건, 바로 나 자신임을 잊지 말자.

우울한 감정은 툭툭 털어내자

아침부터 내 앞에서만 신호가 걸리고
먹고 싶던 점심 메뉴는 품절이 되고
엘리베이터는 타이밍을 벗어나
꼭대기 층을 향해 오르고,

아끼던 옷에 커피를 쏟고,
짐은 많은데 비까지 오는 날.

잘 할 수 있을 것 같던 일을 망치고,
마음이 잘 맞던 동료와도 삐걱거리는 날.

그런 날에는 우울한 마음이 몰려와
걸음걸이 하나하나마저
축축 처지고 가라앉는다.

하지만 그 잠시 동안의 기분에 속아서는 안 된다.
감상과 자기 연민에 빠지면 끝이 없다.

'오늘은 그냥 좀 안 풀리는 날인가 보다.'

유독 안 풀리는 날에도
스쳐갈 한순간임을 받아들이고
툭툭 털어낼 줄 아는 사람에게는
불행이 쉽게 달라붙지 않을 뿐더러
깊은 우울에 빠지지 않을 수 있다.

완벽의 함정

모든 게 완벽하기를 바랐던 적이 있다.

딱 내가 생각한 그림대로
그대로 이루어지기를.
꿈꾸는 완벽을 이루기 위해 그만큼 노력했다.

그때는 몰랐다.
세상의 모든 일에는 변수라는
얄미운 녀석이 끼어들기 마련이라는걸.

아무리 철저히 준비해도,

모든 것을 통제할 수는 없다.

'정말 열심히 했는데,
왜 내가 바라는 대로 되지 않을까.'

억울한 마음만 계속해서 끌어안고 있으면
문제의 상황에서 길을 잃게 된다.

유연하게 상황을 바라보고
변수를 받아들이는 여유가 필요하다.

이제 나에게 '완벽'은
가장 치열하게 노력하고,
찾아오는 변수들까지
자연스럽게 받아들이고 대처하는 것이다.

완벽만을 외치는 빡빡한 마음에는
여유라는 기름칠이 필요한 법이다.

완벽을 추구하기보다
완성을 목표로 나아가다 보면
완전한 결과를 얻을 수 있다.

무례한 사람에게 선 긋기

아무리 가까운 사이라도, 관계에서는 지켜야 할 선이 있다. 제멋대로 선을 넘나드는 사람은 본인이 무례하다고 생각하지 않을 뿐더러, 스스로의 행동에 그럴싸한 합리화를 하곤 한다.

무례한 사람은 자신의 기분에 따라 수시로 태도가 바뀌거나 본인의 스케줄이나 상황에 맞춰 모든 게 돌아갈 수 있도록 일방적인 태도를 취한다. 그래서 이를 지적하면 오히려 나를 예민한 사람으로 취급한다.

'컨디션이 안 좋아서 그런 거겠지.'
'그래도 속마음은 착한 애니까.'

더 이상 위와 같은 말로 그들의 무례를 넘기지 말
자. 계속해서 기분을 상하게 하는데도 끝도 없이
이해하고 받아주다가는 '만만한' 사람으로 받아
들여지고 오히려 상처만 쌓인다.

불편을 안겨주는 무례한 사람에게는 나 역시 친절
한 사람일 필요 없다. 오히려 그런 사람들에게는
나의 배려가 호구가 될 뿐이다.

필요한 상황에서는 해야 할 말을 똑 부러지게 하
는 것이 자신을 소중히 하는 현명한 방법이라는
것을 잊지 않기를.

삶의 선순환

열심히 살아가든
그냥 흘러가는 대로 살아가든
어차피 힘든 수준은 똑같다.

그럴 바엔 열심히 살고 힘든 게 낫다.
그리고 이건 삶의 한 가지 비밀인데,
열심히 살다 보면
더 열심히 살고 싶어진다.

삶의 선순환이 적용된 것이다.

좋은 걸 더 좋게 유지하려는 욕망과 흐름.
어느 정도 수준에 올려놓는다면,
그보다 더 위로 유지하기 위해 살아간다.
힘듦을 느끼지 않고 말이다.

내일이 기대되는 말버릇

하루를 끝내고 잠들기 전,
오늘 있었던 수많은 일들을 돌아보며
생각에 잠긴다.

때로는 좋았던 순간과 말을 떠올리며
기분 좋게 잠자리에 들기도 하지만,
많은 경우 오늘 있었던 일 중
두고두고 후회할 만한 일을 떠올리며
스스로를 자책하고
끊임없는 생각에 휩싸이곤 한다.

'아, 그때 왜 그렇게 말했지?'
'그 말은 하지 말았어야 했는데…'
'그 사람이 내 말에 상처받았을까?'

사람은 복잡해 보이지만,
생각보다 단순한 면도 있어서
우울하고 자책하며
기분 나쁜 감정으로 잠에 들면
내일 역시 기분 나쁜 감정으로
하루를 시작하게 된다.

이를 반대로 생각해 보면,
오늘 하루도 고생한 자신을
칭찬하고 다독이며
기분 좋은 감정으로 잠에 들면
내일 역시 기분 좋은 감정으로
하루를 시작하게 되는 것이다.

"오늘 하루도 잘 살았다!"

"내일은 더 나은 하루가 될 거야."

"생각해 보면 감사할 일이 많은 하루였어."

"괜한 걱정 말자. 내일은 새로운 해가 뜰 테니까."

"나는 오늘로써 더 성장했다!"

"푹 잘 자고, 기분 좋게 일어나자!"

잘 풀리는 하루를 기대하고 원한다면,
하루의 끝에 스스로에게
기분 좋은 말을 들려주며
편안한 마음으로 잠자리에 들어보자.

오늘 하루도 참 애쓴 내가,
새 내일을 잘 맞이할 수 있게.

당신은 어떠한 상황에서도
무엇이든 이루어낼 수 있는
사람이라는 걸 기억하자.

인생을 제대로 사는 법

1. 인생은 우연이 아니라 자신의 선택이다.

2. 나의 마음에 따라 세상은 다르게 보인다.

3. 한 번쯤 후회 없는 사랑을 해보자.

4. 자신에게 하는 투자가 최고의 투자다.

5. 행복은 생각보다 사소하며 가까이에 있다.

6. 세상에 안 힘든 사람은 없다.

7. 모든 것을 알아야 할 필요는 없다.

8. 참으면 아무도 모른다. 힘들면 말해야 한다.

9. 생각보다 사람들은 나에게 관심이 없다.

10. 고민만 하느니 실패를 경험해 보는 게 낫다.

11. 주는 만큼 받을 거라는 기대를 버리자.

12. 모든 사람이 나를 좋아하진 않는다.

13. 사람에게 기대하지 말자.

14. 가끔은 혼자만의 시간을 즐겨보자.

15. 눈치만 보고 살기엔 인생이 너무 짧다.

16. 지나친 관심은 오히려 부담을 만든다.

17. 통제할 수 없는 걸 통제하려고 애쓰는 것은
    시간 낭비다.

18. 더 넓은 세상을 보고 싶다면 환경을 바꾸자.

19. 배움은 나를 절대로 배신하지 않는다.

20. 긍정적인 사람들과 어울리고 싶다면 내가
    먼저 긍정적으로 행동해야 한다.

21. 지금 겪는 일은 일시적이다. 이 또한 지나간다.

22. 침착해라. 나쁜 일도 보이는 것보다 나쁘지
    않다.

23. 실패는 하나의 사건일 뿐, 인생의 전부가
    아니다.

24. 언젠간 죽는다. 하루하루 후회 없이 살자.

한 번뿐인 인생을 제대로,
잘 살기 위해 가장 중요한 것은
자신이 해 온 일과 인생을
가치가 있다고 생각하는 것이다.

가치 있는 삶이 무엇인지 어렵게 느껴질 땐
조금은 극단적일 수도 있지만,
내가 죽을 날이 얼마 남지 않았다고
생각해 보는 것도 도움이 된다.

인생의 마지막 순간이 다가오면
불필요한 일이 줄어들고
나에게 진정으로 필요한 것,
내가 정말로 원하는 것이
분명하게 떠오른다.

우리가 떠올린 가치를 향해
끊임없이 나아가는 삶을 살 수 있기를.

바로 지금이 당신의 삶을
바꿔나갈 수 있는 기회다.
바로 오늘이 앞으로 남아 있는
당신의 인생에 있어서 첫째 날이다.

4장

살아온
날보다
살아갈
날을 위해

말하지 않으면 아무도 모른다

언젠가 휴대폰 액정이 깨져버려서 수리를 맡기러 갔던 적이 있다. 그때 깨진 액정을 본 수리 기사님께서 말씀하셨다. 떨어뜨렸을 때 차라리 지금처럼 액정이 깨져 버리는 것이 낫다고. 떨어뜨렸는데 외관상 아무렇지도 않은 건 속이 다 망가져 버린 거라고. 속이 망가지면 어느 순간 휴대폰이 완전히 멈춰버리거나, 작동이 안 될 거라고. 그 말을 듣는데 마음도 그렇지 않을까 싶었다.

상처받았지만, 아무렇지 않은 척 내색하지 않았을 때 가장 상처받고 아팠던 건 내 마음이었을 것

같다. 말하지 않는다면 아무도 모른다. 자신이 생각하는 일과 느낀 감정을 다른 사람에게 표현하지 않는다면 절대로 알아차릴 수 없다. 자신이 느낀 것들을 다른 사람들이 '알아서' 알아주길 바란다면, 그것 또한 욕심이다.

도움을 받고 싶다면 도움을 요청해야 할 것이고, 마음을 전달하고 싶다면 마음을 표현해야 할 것이다. 아무것도 하지 않는다면, 아무도 알아차리지 못한다.

표현은 당신에게 도움을 주기 위한 수단이다. 이제껏 마음이나 감정, 도움을 표현하고 요청해서 손해 보는 일을 목격하지 못했다. 거절당하는 것은 절대 부끄러운 일이 아니다. 다른 대안을 구할 수 있는 또 다른 기회를 얻은 것일 뿐이다.

오늘이 마지막 날이라면

많은 철학자들이 매일 죽음을 생각하고, 오늘이 마지막 날이라고 생각하며 살아야 한다고 말한다. 내게 죽음은 결코 가깝게 느껴지는 주제는 아니었다. 그러던 중 우연찮게 본 글에서 이러한 질문을 마주했다.

"오늘이 내 생의 마지막 날이라면, 당신은 무엇을 하시겠습니까?"

결국 이 질문은, 지금껏 내 삶을 되돌아보는 계기가 되었고, 고민 끝에 마주한 답은 '나답게' 살지 못한 것이었다.

남의 시선을 신경 쓰느라 원하지도 않는 선택을 내
렸고, 망설이고 따지다가 진정 원하는 일은 시작조
차 하지 못하기도 했다. 또한 나를 갉아먹고 있는
인연임을 알고 있음에도 혼자가 되는 것이 두려워
쉽게 끊어내지 못했다.

결국 내 삶이 내가 아닌, 다른 사람으로 이루어져
있음을 깨닫자, 덜컥 겁이 났다. 그리고 깨달았다.

이 삶을 살 수 있는 건 단 한 번이고,
오늘은 다시 돌아오지 않는 마지막 날임을.

그러니 단 한 번뿐인 내 삶을, 타인을 위해 애쓰느
라 허비하지 말고 나를 위해 충실하게 살아내야
한다는 것을.

부족하면 부족한 대로, 힘들면 힘든 대로, 그렇게 타인과 비교하느라 힘 빼지 말고 가장 나답게, 나와 어울리는 걸음걸이로 걸어가자. 오늘이 내 생의 마지막 날인 것처럼.

상대방을 기분 좋게 하는
대화법

1. 부정적이고 소모적인 이야기만 하지 말자.

2. 자극적이지 않고 편안한 표현을 사용하자.

3. 대화의 주인공이 되려고 애쓰지 말자.

4. 지나치지 않은 유머를 적절하게 섞어 쓰면
   좋다.

5. 상대방이 하는 말을 자르지 말고, 잘 들어주자.

6. 표정을 풍부하게 사용해 대화에 생동감을
   주자.

7. 허세를 부리거나, 자기 자랑을 하지 말자.

8. 대화의 흐름을 읽고 분위기 파악을 하자.

9. 기본적인 예의를 지키고, 상처주는 말은 하지

말자.

10. 진심이 담긴 칭찬을 건네자.

물음표가 가진 능력

물음표는 다양한 쓰임이 있는
볼수록 신기한 기호이다.
나를 중심으로 한 물음표는
내게 엄청난 실을 가져다준다.

"내가 실수했어?"
"걔가 나 싫어하면 어떡하지?"
"나 직장 그만둘까?"

결국 결정은 내가 할 거면서
정해진 답을 두고 상대를 시험에 들게 하지 마라.

물음표를 잘 사용하는 사람은
상대에게 던지는 물음표의 힘을 안다.

"당신은 쉬는 날 뭐해요?"
"요즘 어떤 것을 하는 게 가장 재밌나요?"
"산이 좋나요, 바다가 좋나요?"
"요즘 속상한 일은 없었어요?"

물음표는 상대에게 향할 때야말로,
나에게 무한한 득을 가져다준다.
상대에게 던지는 물음표를 통해
상대의 정보를 얻어
상대를 관찰하는 '나'를 알게 되고,
결국 '대화가 잘 통하는 사람'이라는
타이틀을 얻게 해준다.

끊임없는 물음표가
결국에는 느낌표를 만든다.

인간은 타자의 욕망을
욕망한다

프랑스의 정신분석학자이자 정신과 의사인 라캉은 "인간은 타자의 욕망을 욕망한다"고 말했다. 처음 이 말을 들었을 때는 무슨 말장난인가 싶었는데, 이내 깊은 뜻을 알게 된 후로는 고개가 절로 끄덕여질 만큼 공감하게 되었다.

나라는, 너라는, 우리라는 인간 모두 자신의 주변, 즉 타인의 욕망의 크기를 보고 자신도 모르게 그 크기만큼의 욕망이 생기게 되고, 그 욕망이 제 것인 것처럼 더 원하고 이루고 싶어 한다는 것이다.

지금 내가 원하고 있는 것들과 이제껏 살아오며 원했던 것들, 내가 만들고자 했던 회사의 크기들이 어쩌면 내 주변을 채우고 있는 타인들의 욕망에서 비롯된 것일 수도 있겠구나, 하는 생각이 나를 다시 한 번 돌아보게 만들기 충분했다.

2017년, 창업 후 첫 사무실은 강남역에 위치한 '현대카드 스튜디오 블랙'이라는 공유오피스였다. 5층부터 12층까지 전 층이 공유오피스로 사용됐고, 지금은 내로라하는 스타트업들과 천장이 뻥 뚫린 사무실을 함께 나누어 사용했다.

우리의 작고 소중한 사무실은 8층이었고, 두 자리를 빌려 사업을 시작했다. 우리 사무실 바로 아래층에는 가장 많은 자리를 사용하는 회사가 있었는데, 바로 '지그재그'라는 패션플랫폼 스타트업 회사였다. 그 당시 '지그재그' 대표님과 팀원들과 아침 시리얼을 나눠 먹으며 시시콜콜한 수다를 떨기도 하고, 서로의 비즈니스를 공유하고 응원하며 마치 하나의 팀처럼 출퇴근을 함께하곤 했다.

그리고 5년이 지나고 2021년, 지그재그는 카카오에 기업가치 1조 원을 인정받아 엑시트를 한 스타트업 졸업생이 되었다. 그 소식을 접했을 당시, 내가 가장 먼저 한 행동은 무엇이었을까. 나는 5년 전 아침, 시리얼을 나눠 먹으며 수다를 즐겼던 그때, 내가 놓쳤던 것들이 무엇이었는지 복기했다. 지그재그의 욕망을 좇고자 했던 것일까.

무언가를 이루고 해낼수록 계속해서 욕망은 커져만 갔고, 내가 느끼는 기쁨과 성취에 대한 역치는 높아져만 갔다. 그만큼 실력도 오르고, 능력도 인정받게 된다는 것에 대한 반증이기도 했지만, 한편으로는 무섭기도 했다.

이전 같았으면 손뼉을 치며 기뻐할 일에 대해서 무

심해지기도 했고, 충분히 축하할 만큼 인정해줄 수 있는 순간에도 더 나아가야 한다는 마음속 목소리 때문에 미지근한 반응을 보였던 순간들이 떠올랐기 때문이었다.

언젠가 "적당한 야망과 높은 행복을 추구한다"는 김상현 작가의 말을 접하곤 마음 깊이 공감했던 적이 있다. 공감했던 이유 역시 '타자의 욕망을 욕망하는 인간'이라는 사실을 알고 있었기 때문이라는 생각이 들었다.

나는 무엇을 욕망하는가. 나는 무엇을 위해 열심히 달려가고 있는가. 끝없는 질문 속에 31살 지금의 나는 나름의 답을 찾은 것 같다. 다른 회사 대표처럼 비장한 각오나 원대한 꿈을 갖고 무언갈 임했던 것은 아니다. 나의 20대는 내가 처한 상황과 잘할 수 있는 일들을 우선순위로 차근차근 해내왔다. 그렇게 나는 지금의 내가 이뤄낸 성취와 해낸 성과에 만족하고, 내가 하는 일을 사랑하며, 나의 가족과 지인들 그리고 팀원들과 더할 나위 없이 행복한 나날을 보내며 즐겁게 살아가고 있다.

나 역시도 적당한 욕망과 높은 행복을 원하는 사람이다. 그렇기에 내가 원하는 욕망의 높이를 찾고, 내가 쥐고 싶은 행복의 크기를 명확하게 알고자 노력한다. 40대의 나는 20대 초반의 나와 같이 열정을 갖고 무언갈 시작하는 이들에게 엔젤투자자로서 도움을 주고 싶다. 그리고 60대의 나는 서울 근교에 숲이 딸린 별장을 짓고 사람들에게 자연과 여유를 선물해주고 싶다는 생각을 해 본다.

당신은 무엇을 욕망하는가. 내가 무엇을 원하는지 정확히 알고 있을 때 삶은 그 방향으로 나아간다. 지금 바로 떠올려 보자. 나의 야망의 크기와 행복의 조건들을.

감정은 빵과 같은 것

예전에는 감정이
오래 지속되어야 좋은 것이라 생각했다.

어떤 일에 도전했을 때
하면 할수록 즐거워서
평생 좋을 것이라 기대한 일도 있었고

사람과의 관계에서도
못 견디게 행복해서
영원을 믿게 되는 인연도 있었다.

하지만 조금 더 살아 보니
감정이란,
갓 구운 빵처럼 포슬포슬하다가도
조금 지나면 상해버리기도 하고

해처럼 찬란하게 떴다가
다시 지기도 하는 것이었다.

그래서 지금은
감정은 상황과 환경에 따라
언제든 변할 수 있는 것임을 알게 되었고,
지속적이고 한결같은 감정보다는
그 순간의 감정에 충실하는 것이
더 중요하다는 걸 깨달았다.

감정보다 오래가는 것들이 있다는 걸
경험으로 알게 되었으니까.

귀찮음을 이기는 법

귀찮음이 많은 사람은
가슴속에 돌덩이를 안고 산다.

순간의 귀찮음 때문에
충실하지 않아 놓쳐버린 것들은
단단하게 응어리가 지니까.

나는 그 응어리를 '후회'라고 부른다.

'나중에 해야지, 귀찮아.'
'이따가 봐야겠다.'

이런 생각이 떠오를 때
나는 그것들을 과감히
'지금'으로 데리고 온다.

'지금 해야지.'
'지금 봐야겠다.'

작은 결심과 수고들이 쌓이면
새로운 길이 열리고,
가슴속 돌덩이도 줄어든다.

돌덩이가 없는 가벼운 사람은
더 멀리, 더 높이 갈 수 있다.

결국 귀찮음에 지지 않는 사람은
'지금'을 충실하게 사는 사람이다.

내일, 모레, 1년 후,
지금의 선택이 쌓이고 쌓여
다른 결과를 만든다.

걱정과 불안을 3초 만에
줄여주는 방법

남들보다 유독 불안이 많은
'걱정 능력자'들이 있다.
이들은 오지 않은 미래와
지나간 과거를 넘나들며
혼자 걱정과 불안에 빠지는 경우가 많은데

이런 사람들에게 'Here and Now'
'지금 — 여기' 생각법을 강력히 추천한다.

이것은 지금 이 순간의 감각을
최대한 자세히 느끼는 것을 말하는데

예를 들어, 손을 씻다가 불현듯
'그 사람이 나를 안 좋게 생각하면 어쩌지?'
하는 불안이 올라왔다면

그 즉시 현재에 집중하여
지금 내 손안에서
몽글거리는 비눗방울의 감각,
차갑게 손등을 때리는 물줄기의 느낌을
최대한 느껴보는 것이다.

평소에는 생각 없이 스쳤던
신체감각을 깨워
'지금 — 여기'에 집중하면,
불안이 효과적으로 줄어들기 때문이다.

달릴 때 서서히 차오르는 숨,
입속 음식의 달고 짠맛,
바람에 날리는 머리칼,

지금 이 순간 내가 마주하는
모든 감각을 온전히 살려 느끼다 보면,
쓸데없는 잡념이 사라지고
어느새 현재에 집중할 수 있을 것이다.

거리를 두어야 하는 사람

우리는 종종 느낌이 싸한 사람을 만나곤 한다. 이들은 소위 '앞뒤가 다른 사람', '어떤 생각을 하는지 도통 알 수 없는 사람'이며, 상대방을 배려하지 않기 때문에 오랜 인간관계를 유지하지 못한다.

보통 어느 정도 관계가 쌓인 후 알게 되는 경우도 있지만, 의외로 첫인상부터 거리감이 느껴질 때도 많다.

새로운 사람을 처음 만났을 때 느끼는 첫인상은 자신의 'n년 인생 노하우의 결과'라고도 한다. 그러므로 새로운 사람을 만났을 때, 싸한 느낌을 받는다면 일단은 적당한 거리를 둘 필요가 있다.

나의 직감과 느낌이 맞는지 확인할 시간을 갖는 것이다. 신중하게 행동해서 나쁠 것은 없기 때문이다. 그렇게 적당한 거리를 유지한 상태에서 그 사람을 지켜보고, 그가 나와 잘 맞는 좋은 사람이라면 거리를 좁혀 나가면 되고, 나의 직감이 맞았다고 한다면 더 이상 인연을 이어 나가지 않으면 된다.

세상에는 나를 위해 주고, 나와 잘 맞는 사람은 얼마든지 있다. 그러니 나에게 도움되지 않는 사람과는 아무리 사소한 인연이라도 유지할 필요 없음을 명심하자.

진정한 리더의 덕목

1. 상대의 장점을 더 먼저 알아챈다.
2. 사고의 흐름이 늘 앞으로 향해 있다.
3. 나설 때와 낮출 때를 안다.
4. 리더의 자리에 직접 나서서 오르기보다 주변
   사람들의 지지를 통해 오른다.
5. 사람들이 본인을 믿는 일보다 본인이 사람들을
   믿는 것에 대한 힘을 안다.

'청향자원(淸香自遠)'이라는 사자성어가 있다.
이 말은 맑은 향기는 스스로 멀리 간다라는
의미를 가진다.

가장 낮은 곳에 있어도
사실 가장 높은 영향력을
끼칠 수 있음을 안다.

가장 늦게 상위에 오르더라도
제 발로 오르는 것이 아닌
등 떠밀려 오르는 리더의 자리가
빛나는 것을 안다.

결국 탁월한 리더십의 핵심은
권위가 아닌 영향력에 있다.

인생을 살아갈수록

인생을 살아갈수록
어딘가에 있는지보다
누군가와 있는지가 중요했고,

무엇을 하는지보다
어떻게 하는지가 중요했다.

모든 것의 중심은
언제나 지금 이 순간이며,
'왜?'라는 물음에 대한 답이었다.

삶의 목적은
찾는 것이 아니라
선택하는 것이다.

성격 좋은 사람 알아보는 방법

1. 운전이나 게임을 할 때 어떻게 행동하는지
   본다.
2. 자신보다 약한 사람이나 동물을 어떻게
   대하는지 본다.
3. 가깝게 어울리는 사람들이 어떤 성향인지
   본다.
4. 자신이 한 말을 얼마나 지켜내는지 본다.
5. 혼자만의 시간을 어디에 주로 쓰는지 본다.

성격이 좋은 사람인지 알아보는 데에는 그 사람의
평소 행동을 눈여겨보는 것이 도움된다. 감정이 격

해질 때, 자신이 강자일 때, 사람들과 어울릴 때, 혼자 있을 때 그 사람이 어떤 사람인지를 살펴봄으로써 인간적인 됨됨이를 파악하는 방법이다.

누구든 기분이 좋고, 타인에게 잘 보여야 할 상황에서는 얼마든지 좋은 사람, 착한 사람인 척할 수 있다. 하지만 위처럼 돌발적이거나, 자연스러운 상황에 놓였을 때는 자신의 진짜 모습을 언제까지나 숨길 수는 없다.

조금만 주의 깊게 살펴보라. 그 사람이 어떤 사람인지 대략적으로 파악할 수 있는 통찰력이 생긴다.

심각할 필요가 없는 이유

1. 문제 삼으면 진짜 문제가 된다.

2. 집착할수록 더 멀어진다.

3. 시간이 지나면 나도, 상황도 변한다.

4. '상상 속 최악'은 보통 일어나지 않는다.

5. 다 익숙해진다. 처음이 어렵다.

6. 걱정을 쌓아두면 앞이 안 보인다.

7. 결국 생각하기 나름이다.

표정이 중요한 이유

타고난 외모보다
더 중요한 것은 표정이다.

아무리 멋들어진 이목구비를 가졌어도,
매일 시큰둥한 표정을 짓는 사람은
어렵게만 느껴진다.

생기 있는 표정을 한 사람에게는
만난 지 얼마 안 되어도 괜히 정이 간다.
한마디라도 더 건네고 싶어진다.

따뜻한 미소를 지을 줄 아는 이 앞에서는
마음속 경계와 의심이 걷힌다.

표정을 단지 안면 근육의
이완과 수축이라고 생각할 수도 있지만
좋은 표정을 짓는다는 것은
그보다 더 깊은 것이다.

좋은 표정을 지으며 살아가려면,
마땅히 좋은 생각을 해야 할 테니.

안 된다는 생각 말고 된다는 생각.
미워하는 마음보다 응원하는 마음.
불평하는 태도보다 감사하는 태도.

건강하고 따뜻한 생각을 하자.
좋은 표정을 가진 사람이 될 수 있도록.

지치고 힘들 때면
잠시 쉬어도 괜찮다

소녀시대 태연은 한 프로그램에 출연해 '휴식'에
대한 이야기를 들려주었다. 태연은 여유 있을 때의
공허함과 적막함이 외롭고 쓸쓸하다는 말을 하며,
평소 여유 있는 것을 좋아하지 않았다고 덧붙였다.
그래서 무언가를 해야지만 불안하지 않은 성격이
됐다고 말했다.

그러던 중 바쁜 활동 시기로 인한 일과 정신적인
것들이 맞물리며 우울한 시기가 찾아왔고, 자신
의 한계를 느끼며 데뷔 이후 처음으로 쉬어야 할
것 같다는 생각을 했다고 한다.

그렇게 태연은 3개월 동안 집에 멍하니 있어 보기도 하고, 처음으로 아무것도 안 하며 온전하게 쉬는 시간을 가졌더니 자신도 몰랐던 자신을 알게 됐고, 모든 것을 자연스럽게 받아들일 수 있게 되었다고.

우리의 삶에서 '쉼'이라는 것은 굉장히 중요한 일이다. 진정한 휴식을 통하여 우리는 마음의 편안함을 느낄 수 있고, 건강한 정신상태를 가질 수 있다.

사람이 오랜 시간 굶으면 배고픔을 느끼는 게 당연하듯이 심리적으로 지치거나 힘든 일을 겪었을 때, 우울한 기분과 무기력함을 느끼는 것은 당연하다.

그러니 힘듦을 마주한 자신을,
우울에 빠져 허우적거리는 나를 방치하며
억지로 끌고 가지 말자.

문제에서 벗어나 잠시 쉬어가는 것.
그것은 우울에 빠진 당신을
빠르게 회복시켜줄 지름길이 될 것이다.

지칠 때면 쉬어가자.
잠시 멈추고 힘을 빼도 된다.
결국 우리의 삶은
'나아감'으로 흘러갈 테니 말이다.

아빠와의 술자리

아빠는 내 이마 위에 '고민'이 쓰여 있다며
따뜻한 눈빛과, 작은 잔을 들어 위로를 부친다.
그러곤 보석 같은 말을 들려주었다.

인생은 바다 위를 항해하는
배 한 척과 같다고 한다.

오늘 저녁에 배가 뒤집힐 듯이
큰 폭풍우가 불어와도
내일 아침이면 무슨 일이 있었냐는 듯
찬란한 해가 뜨고,

물결이 잔잔해지는 것과
우리들의 인생은 참 많이 닮아있다고.

암만 위태로워 보여도
살아볼 만한 게 인생이라는
아빠의 말이,
내 안의 거친 파도를 잠재운다.

느리더라도 방향을 잃지 않고
'나만의 속도'를 찾는다면,
언젠가는 해내는 날이 온다.

죽음에 관하여

내 주변에는 유독 열심히 살아가는 사람들이 많다. 각자 하는 일은 조금씩 다르지만 비슷한 나이 대이기도 하고, 가치관이나 일에 대한 태도가 닮아 있어서 주기적으로 모임을 통해 만나고 있다. 모임의 이름은 '마포 비전'인데, 마포구에서 사업하는 비전을 가진 사람들의 모임이다. 모임에서는 일이나 사업에 대한 이야기보다는, 주로 살아가는 이야기와 삶에 대한 고민을 나누고 있다. (어차피 일은 알아서 잘들 해내고 계시니…) 기쁜 소식이 있을 때면, 그 누구보다 진심을 다해 축하해주기도 한다. 열심히 사는 사람들이라서 그런지는 몰라도 한 달에 한

번 만날 때마다 기쁜 소식들을 듣고 오니, 모임은
한층 더 풍성하고 긍정의 기운이 맴돈다.

며칠 전 모임에서 '죽음'이라는 주제로 이야기를
나누었다. 주제가 신선하기도 하고 공감되는 부분
도 있기도 하여 열심히 메모하고 정리한 내용을 글
로 정리해 보았다(옮겨 본다).

누구든 평생에 걸쳐 딱 한 번 겪게 될 죽음은 경험
해본 사람들의 노하우가 없는 미지의 세계라, 두렵
기도 하고 아득하기도 했으며, 잘 해내고(?) 싶다
는 욕심도 드는, 어떤 말로도 설명할 수 없는 것이
었다. '죽음'이라는 이야기를 함께 나눈 모임의 사
람들은 모두 현생에서 자신의 몫, 그 이상을 해내
는 사람들이었고, 지금 죽어도 여한이 없다는 말
을 할 정도로 삶에 대한 만족도가 높은 사람들이
었다.

하지만 그들 모두 삶의 끝에서 기억됐으면 하는 자신의 마지막 모습과 주변 사람들이 자신의 마지막 순간을 어떻게 보내주었으면 좋겠는지에 대한 부분은 상이했다. 어떤 이는 자신의 죽음을 많이 슬퍼해주었으면 한다고 말했고, 어떤 이는 자신의 장례식 날 신나는 음악을 틀어주었으면 좋겠다고 말했다. 또 어떤 이는 자신이 생전 좋아했던 음식을 놓아주며 자신의 마지막을 기려주기만 해도 충분하다고 말했고, 어떤 이는 매년 자신의 기일에 본인의 부모님에게 전화 한 통을 부탁한다고 했다.

이야기하는 내내, 이야기를 마치고도 '죽음'을 주제로 한 대화는 여운이 깊었다. 어떻게 죽는 것이 잘 죽는 것일까에 대한 고민은 어떻게 사는 것이 잘 사는 것일까에 대한 고민과 꼭 닮아있다는 깨달음을 주기도 했다.

고된 현실과 시간에 쫓겨 살아가다 보면 정작 많

은 것들을 놓치게 되는 순간들이 있다. 그럴 때마다 나는 '죽음'을 주제로 한 이야기를 소중한 사람들과 꺼내 보려 한다. 죽음은 어렵거나 무서운 것이 아니라, 더 잘 살아가기 위한 나약한 인간들의 의지이자, 다짐일 수도 있겠다는 생각이기에. 우리가 함께 맞이한 오늘에 더욱 감사함을 느낄 수 있다는 생각이기에. 우리의 관계에 있어서 죽음은 끝이 아닌 새로운 시작일 수도 있겠다는 생각이기에. 서로를 더 깊이 알아가고 귀하게 대해 줄 수 있다는 생각이기에. 죽음을 생각할수록 나에게 주어진 오늘을 더욱 잘 살아내고 싶어졌다.

불혹의 나이

20대의 나와

30대의 나는 분명히 다르다.

치열했던 20대를 보낸 뒤

지금의 나는 어떤 음식을 좋아하는지,

어떠한 태도를 가진 사람과 결이 맞는지,

내가 무엇을 잘하고, 어떤 걸 할 때 행복한지.

나에 대한 확신은 조금 더 명확해졌다.

30세, 이립(而立).

'마음이 확고하게 도덕 위에 서서

움직이지 않는 나이'를 뜻하는
이립에 다다른 것이다.

내 마음이 확고해지는 '이립'의 나이에서
더 기대되는 것은 마흔인 '불혹(不惑)의 나이'다.
세상일에 정신을 빼앗겨
판단을 흐리는 일이 없는 나이.
그런 멋진 어른이 되려면
나는 지금을 어떻게 살아가고, 쌓아가야 할까.

지금 더 구르고, 깨지고, 부딪쳐
주어진 오늘을 최선을 다해 보내다 보면,
나에게도 불혹의 나이가 오겠지.
기대만큼 멋진 불혹의 나이를 맞이할 수 있도록
오늘도 최선을 다하고자 한다.

누군가 안 될거라 비웃어도
그건 그 사람이 겪어왔던 일일 뿐,
내가 걸어갈 모든 길은 내겐 처음이다.
분명 모두가 응원할 날이 올 테니,
개의치 말고 묵묵히 내 길을 가자.

**Q. 이 책을 통해 해인 님을 처음 만나는 분도 있을 텐데,
해인 님에 대해 소개 부탁드릴게요.**

A. 안녕하세요. 저는 공평하게 주어지는 '시간'을 잘
활용하는 사람. "방법이 있을 거야"라는 말을 가장
많이 하는 사람입니다. 그리고 한시도 가만히 있지
못해 스물네 살에 결국 창업한 사람이고, 서른하나가
된 지금. 40명의 청년과 끊임없이 정답을 찾으려
애쓰는 사람입니다.

2017년 광고회사 '소셜링'을 창업해서, 40명의
팀원과 매일 정답을 찾아가고 있습니다. CJ,
신세계인터내셔날, 메르세데스_벤츠, GS글로벌,
올리브영, 스포츠토토, KLPGA 등 유수 기업의
디지털 마케팅을 진행했습니다.

2020년에는 속옷 브랜드 '바디코'를 창업했고, 100여
가지의 속옷 제품을 기획하여, 국내 최초로 심리스
보정웨어를 선보인 바 있습니다. 두 비즈니스에서 주로
인사·경영을 맡고 있습니다.

현재 15만 인플루언서로 활동하며, 인스타그램과
유튜브를 통해 삶을 나누고 이야깃거리를 만들어 대화
나누는 것을 좋아합니다.

**Q. 이제 대표이자 '작가'가 되셨는데, 첫 책을 출간하게 된
계기나 소감이 궁금합니다.**

A. '대표'에서 '작가'라는 직무로 마치 높은 자리로 승진을
한 느낌이 듭니다. 설레기도 하지만 또 무겁기도
합니다. 말하는 것은 좋아하나 글로 적어 표현하는
것은 아직 많이 서툽니다. 그럼에도 연약한 우리가
앞으로 '잘 살아갈 날들을 위해'서라면, 그 무게도
감당하리라는 마음으로 적어 내려간 소중한 책입니다.
단 한 분이라도 공감이 되어 책 끝을 접어주시는
페이지가 있다면, 그것만으로도 행복합니다.

**Q. 『감정은 사라져도 결과는 남는다』라는 제목이 참
공감되는데, 이 책에서 특히나 추천하고 싶은 글이
있으신가요?**

A. 하나를 꼽자면, 〈물이 깊어야 배를 띄울 수 있다〉라는
글을 추천하고 싶습니다. 저는 인생은 바다와 꼭 닮아

있다고 생각합니다. 이 글은 매 순간, 매일 담고 있었던 저의 마음의 글이기도 합니다.

아쉬운 마음에 하나를 더 추천하면, 〈무자본 창업〉이라는 글입니다. 저의 창업 일대기를 '사무실 이사'에 빗대어 적어둔 글입니다. 2022년도 7월, 저희 회사인 '(주)소셜링' 이름으로 건물을 매매하고 나서, 벅찬 감정을 갖고 인스타그램에 올린 글이었습니다. 2017년 창업 이후, 건물을 매매하기까지 저에게 있어 가장 큰 힘이 된 건 '팀원들'이었습니다. 저와 팀원들 사이에서 제가 배워나간 감정들이 이 책에 많이 녹아있어서 이 글을 먼저 읽어보셔도 좋겠습니다.

그리고 꼭 전하고 싶은 문구는 본문 안에 옮겨 두었습니다.

"당신은 긍정주의자인가. 어떠한 상황에서도 긍정적이고 다정한 사람이 이긴다."

Q. 이 책을 함께할 독자분들에게 전하고 싶은 이야기가 있을까요?

A. '사실, 저는 오늘도 감정을 서투르게 사용했습니다.'

그것을 아는 것부터 우리는 조금 더 성장할 수 있음을
꼭 전하고 싶습니다. 살아온 날보다 잘 살아갈 날을
위해.

Q. 앞으로의 해인님의 계획이 궁금합니다.

A. 저는 내일도 늘 일어나던 시간에 일어나, 강아지와
혀 짧은 소리로 아침 인사를 나누고 하루를 시작할
겁니다. 제가 안정감을 느끼는 하루의 루틴 속에서
후회 없는 하루를 보낼 겁니다. 그렇게 앞으로도 저희
광고주(브랜드)의 성장을 돕고, 저의 브랜드 '바디코'도
성장시키는 치열한 하루를 살 것입니다.

개인적인 목표가 있다면 서른에 적어 내려간 이 책
『감정은 사라져도 결과는 남는다』를 많은 이들에게
전하는 것, 그리고 마흔의 내가 느끼는 인생을
차곡차곡 쌓아 또다시 글로 남기고 싶습니다. 불혹의
어른이 될 때, 두 번째 책을 남기고 싶은 욕심이
있습니다.

감정은 사라져도 결과는 남는다

초판 1쇄 발행 2023년 06월 15일
초판 6쇄 발행 2023년 10월 31일

지은이 이해인
펴낸이 김상현

총괄 유재선   **기획편집** 전수현 김승민 송유경   **디자인** 이현진
마케팅 김지우 송유경 김은주 조원희 김예은 남소현
경영지원 이관행 정주연 오한별

펴낸곳 (주)필름
등록번호 제2019-000002호   **등록일자** 2019년 01월 08일
주소 서울시 마포구 동교로25길 23, 정암빌딩 2층
전화 070-8810-6304   **팩스** 070-7614-8226
이메일 book@feelmgroup.com

필름출판사 '우리의 이야기는 영화다'
우리는 작가의 문체와 색을 온전하게 담아낼 수 있는 방법을 고민하며 책을 펴내고 있습니다.
스처가는 일상을 기록하는 당신의 시선 그리고 시선 속 삶의 풍경을 책에 상영하고 싶습니다.

홈페이지 feelmgroup.com   **인스타그램** instagram.com/feelmbook

ISBN 979-11-982493-4-0(03810)